Par M. De Cormenin.

6

L,n 11

A.

ÉTUDES

SUR

LES ORATEURS

PARLEMENTAIRES,

Par Timon.

DEUXIÈME ÉDITION.

PARIS,

PAGNERRE, EDITEUR,
RUE DE SEINE, 14 BIS.

1837

ÉTUDES

SUR LES ORATEURS PARLEMENTAIRES.

ÉTUDE I.

—

Comparaison des Orateurs et des Ecrivains.

On s'est demandé souvent comment la France, qui comptait un si grand nombre d'orateurs parlementaires, comptait si peu d'écrivains politiques, et cependant n'est pas orateur qui veut; est, au contraire, écrivain bon ou mauvais qui veut.

N'est pas orateur parlementaire qui veut, car il faut payer pour cela 500 fr. de contributions, assis sur le plus clair d'un beau et bon domaine de ville ou de campagne. Démosthène ou Cicéron, avec un pourpoint percé au coude, la sandale au pied et la bourse vide, raviraient encore par leur éloquence l'admiration du peuple; mais s'ils osaient se présenter dans un collége, pour y briguer les suffrages des électeurs, le président les pousserait par les épaules sur les degrés de l'escalier. Il est défendu à tout Français d'être orateur et de servir son pays à la tribune, s'il ne dépose préalablement une quittance du percepteur dûment légalisée, qui constate que l'orateur peut mener une vie noble, si cela lui plaît, c'est-à-dire une vie d'oisif. Voilà la loi, et c'est une belle et digne loi!

Malgré cela, on ne compte pas moins d'une douzaine d'orateurs dans la chambre des députés. Admettez que la chambre soit renouvelée en entier et sans qu'un seul de ces douze orateurs puisse être réélu, vous trouverez facilement à recruter, dans tous les barreaux de France, une seconde douzaine d'orateurs d'à-peu-près pareille force. Enfin supposez que l'entrée de la chambre devienne libre par l'abolition du cens d'éligibilité, vous verriez surgir, de toutes les classes de la société, une troisième et une quatrième douzaine de nouveaux orateurs.

Prenez-garde que nous ne faisons pas entrer dans ce compte les orateurs de vingt à trente ans, de cet âge heureux où l'imagination déploie ses plus riches facultés, où le geste a toutes ses grâces, où la voix de l'homme retentit de tout son éclat. Le nombre des orateurs est donc grand en France.

En est-il de même des écrivains politiques? Non. Cependant on peut commencer à écrire dès que les études classiques sont achevées, dès l'âge de dix-huit ans. On n'exige pas pour écrire, comme pour parler, un cens contributif de cinq cents francs, ni même de deux cents. La tribune de l'écrivain est ouverte pendant les trois cent soixante-cinq jours de l'année. Jeune ou vieux, riche ou pauvre, infirme, sourd, aveugle même, on ne lui demande pas ce qu'il paie, ce qu'il fait, ce qu'il est. On ne voit pas les gendarmes foncer, la dague au bras, dans son domicile, et l'en expulser pour cause d'indignité, comme ils empoignèrent Manuel sur les marches de la tribune. On ne lui impose pas la contrainte d'un serment absurde; on ne le force pas à se renfermer dans ces formules oratoires qui masquent la pensée et qui ôtent à la parole humaine la liberté hardie et la vivacité de son allure. Gros livres, légers pamphlets, journaux, revues, feuilletons, il peut affecter toutes les formes et parler tous les langages; qu'il soit bref ou long, pompeux ou simple, grave ou railleur, narrateur ou logicien, véhément ou tempéré, rude ou souple, amer ou gracieux, on ne lui demande pas compte du caprice de ses couleurs, pourvu qu'elles saisissent les yeux et qu'elles peignent la vérité.

D'où vient donc qu'il y a si peu de bons écrivains et qu'il y a tant de bons orateurs? C'est qu'il est plus difficile de bien écrire que de bien parler. Il y a plus de nature dans l'orateur, il y a plus d'art dans l'écrivain. C'est un art, en effet, que l'art d'écrire, un grand art et qui demande beaucoup de travail, de fortes études, une patience et une assiduité merveilleuses. Il faut aussi plus de courage pour écrire que pour parler, car les foudres du réquisitoire pendent sur les hardiesses de l'écrivain, tandis que l'orateur se réfugie sous l'abri de l'irresponsabilité parlementaire.

Que le style de l'orateur ait un certain goût de terroir; qu'il soit simple jusqu'à la négligence ou affecté jusqu'à l'enflure; qu'il manque de précision, de nerf et de grâce, ces défauts s'effacent dans la chaleur et l'éclat du débit. L'auditeur est indulgent, le lecteur est sévère. L'auditeur se laisse surprendre par le charme d'un organe flatteur et sonore, d'une pose noble, d'une physionomie vive et animée; il va lui-même au-devant de l'illusion; il sent ses nerfs tressaillir, il s'émeut, il se passionne, il s'indigne, il s'attendrit; il monte sur la scène, il s'introduit dans le drame; il s'incline ou se redresse sous la puissance de l'orateur; il lui livre sans réflexion toutes les facultés de son âme; il se met à découvert, à nu devant lui; il s'offre à ses coups, il se pénètre des traits qu'on lui lance, et lorsqu'un orateur trouve son auditoire en veine, il peut produire de très-grands effets avec des mots presque sans suite, mais bien dits et adroitement placés. Faites ensuite l'analyse, faites la lecture à froid des discours qui vous ont tant ému, qui vous arrachaient des élans de sympathie et des cris d'admiration, vous ne trouvez plus ni ordre, ni méthode, ni élégance, ni correction de langage, ni profondeur de pensée, ni vigueur de raisonnement, et vous dites que ce n'est point là ce que vous avez entendu, que cela n'est point possible et qu'on vous a trompé. Non, l'on ne vous a pas trompé; car il faut écouter les orateurs et non les lire. Les orateurs ne doivent vivre que par les souvenirs; l'examen de la loupe les tue. Démosthène et Cicéron ont refait, avec un long et prodigieux labeur, les admirables harangues que nous avons d'eux. Qui feuillette aujourd'hui les discours du célèbre général Foy? et y a-t-il, depuis la révolution de juillet, un seul discours de nos meilleurs orateurs qui puisse soutenir l'épreuve de la lecture?

Il faut que chaque chose, dans les œuvres de l'art, soit à sa place. Les discours écrits

ne font point d'effet à la tribune; les discours improvisés ne font pas d'effet à la lecture. La presse, quelle que puisse être sa fidélité, ne pourra jamais reproduire le son
éclatant de la voix, le feu des regards, la
passion oratoire, l'action, la pose et le geste,
et cependant presque tout l'orateur est là.

Chaque fraction politique de la chambre
a ses orateurs : ministère, légitimité, tiers-
parti, opposition dynastique, extrême gauche. Nous allons retracer leur physionomie
dans l'ordre que nous venons d'établir, et
nous parlerons d'eux sans affection et sans
haine, comme en parlerait la vérité, mais la
vérité dans la bouche d'un homme libre.

ÉTUDE II.

—

M. Guizot.

M. Guizot est de petite et grêle stature,
mais il a une figure expressive, l'œil beau
et singulièrement de feu dans le regard. Son
geste et son aspect ont quelque chose de sévère et de pédantesque, comme ont tous les
professeurs et particulièrement ceux de la
secte doctrinaire, la secte de l'orgueil. Sa
voix est pleine, sonore, affirmative; elle ne
se prête pas aux flexibles émotions de l'âme,
mais elle est rarement voilée et sourde.

M. Guizot est bon littérateur, historien
distingué, et il tient une haute place parmi
les publicistes de l'école anglaise. Il est très-
versé dans l'étude des langues anciennes et

Imp d'Aubert, paris.

GUIZOT.

modernes. Il ne brille, comme écrivain, par
aucune qualité supérieure de style, ni par la
précision, ni par l'imagination, ni par la
profondeur des raisonnements, mais il est
moins nuageux que M. Cousin; il n'a pas la
belle et large manière de M. Royer-Collard; il a plus d'abondance d'idées que lui;
il est plus étendu, plus varié, plus positif.
On voit qu'il a été mêlé davantage au maniement des affaires humaines.

Comme tous les prédicants de l'école
génevoise, de cette école sèche et rogue,
il procède dogmatiquement. Il néglige les
fleurs du langage; il manque de souplesse
et de mouvement, et sa diction est monotone, quoique grave et assurée. Sa passion
se révèle dans l'éclat de ses yeux et passe rapidement sur les traits de son pâle visage;
mais elle s'absorbe vite, et elle est plus con-
centrée qu'extérieure; il emploie rarement
de ces personnalités blessantes qui s'atta-
quent droit à un adversaire désigné par son
nom ou par son siége, sur les bancs de l'assemblée. Mais, tout en protestant de la parfaite innocence de ses intentions, il lance à

l'opposition des sarcasmes collectifs, qui laissent dans la plaie leur trait envenimé.

M. Guizot traite les questions politiques philosophiquement et d'un certain point de vue élevé. C'est la manière de son maître, M. Royer-Collard. Il choisit une idée, il la formule en axiome, et il établit autour de cet axiome l'échafaudage de ses raisonnements. Il y revient sans cesse; il la présente seule à la vue du spectateur, il y attire, il y fixe son attention. Son oraison n'est que le développement d'un thème. Si l'idée est vraie, tout le discours est vrai; si l'idée est fausse, tout le discours est faux. Mais les députés de la majorité prévenue à laquelle il s'adresse ne conviennent jamais que la thèse soit fausse, et M. Guizot conserve auprès d'eux tous les avantages de sa méthode.

Cette méthode a de l'habileté dans les assemblées délibérantes; car ce n'est pas avec une grande quantité d'idées que l'on entraîne des auditeurs plus ou moins distraits; c'est avec une seule idée, adroitement choisie, travaillée, dogmatisée et reproduite sous toutes sortes de formes. Aussi est-ce là la méthode habituelle des professeurs, et il ne faut pas oublier que MM. Guizot et Royer-Collard ont été professeurs. Un professeur qui ne se répéterait pas ne serait pas compris; il ne le serait pas davantage, s'il formulait à la fois devant ses auditeurs un grand nombre d'axiomes, car leur attention se diviserait. Les professeurs embrassent donc tous nécessairement cette méthode; ils la transportent, par instinct et par habitude, de la chaire à la tribune; et comme les hommes rassemblés ne sont guère plus attentifs que des écoliers, lorsque ce procédé est habilement employé il réussit.

M. Guizot parle longuement, à la manière des professeurs; il argumente scolastiquement, à la manière des théologiens; il est monotone comme les premiers, raide comme les seconds. Il aime à se jouer dans les abstractions, et il se sert volontiers de formules équivoques, comme les *classes moyennes*, la *quasi légitimité*, le *pays légal*, et lorsqu'il a rencontré l'une de ces formules, il s'y attache, quitte le fait, perd de vue la terre et s'élève dans les généralités morales et politiques. Là, il paraît, disparaît, brille et s'éclipse au milieu des nuages. La foule hébétée des badauds parlementaires le suit, l'œil fixe, et l'admire d'autant plus qu'elle le comprend moins.

C'est un pédagogue dans sa chaire qui laisse toujours passer sous sa robe le petit bout de sa férule. C'est un calviniste dans son prêche, froid, sentencieux, morose, qui enseigne la crainte plutôt que l'amour de Dieu.

Sans doute M. Guizot ne se livre point; il est bardé et n'a point de défaut à son armure par où le glaive de l'objection puisse se glisser et faire blessure. Mais il n'a pas non plus de ces emportements heureux, de ces élans du cœur, de ces traits d'imagination, de ces pensées touchantes, de ces tours vifs qui échappent au véritable orateur, qui s'emparent de lui malgré lui, qui le transportent de sa propre émotion, et qui la font passer dans l'âme de ses auditeurs. M. Guizot n'est point éloquent.

M. Guizot passe dans l'opposition pour être cruel. Ses yeux flamboyants, sa figure pâle, ses lèvres contractées lui donnent l'apparence d'un proscripteur. On lui attribue le fameux mot : *Soyez impitoyables ;* mot affreux, s'il a été prononcé !

Il est vrai qu'il a été maladivement pris, dans ces derniers temps, d'un fanatisme ardent et sombre ; mais ceci tenait à la saison chaude, qui allume toujours de certains cerveaux, et il y a loin de la théorie de la terreur, qu'il a prêchée, toute belle qu'elle soit, à la pratique.

C'est singulier, mais M. Guizot ne me fait pas du tout l'effet d'un colosse révolutionnaire : il me ferait même plutôt sourire que trembler. A tout prendre, c'est plutôt un sectaire qu'un terroriste. Il a plus d'audace de tête que de résolution de cœur et de main. Il a plus de haute estime pour lui-même que d'indignation contre ses adversaires, plus de mépris pour eux que de haine. L'orgueil remplit trop son âme pour y laisser quelque place à d'autres sentiments. Il s'enfoncerait la tête la première dans l'Océan, qu'il ne conviendrait pas qu'il se noie, et il croit à sa propre infaillibilité avec une foi violente et désespérée.

Pourquoi ne dirais-je pas, tant j'ai envie

d'être impartial, que M. Guizot a des mœurs rigides et pures, et qu'il est digne, par la haute moralité de sa vie et de ses sentiments, de l'estime des gens de bien? J'ai vu sa douleur paternelle et j'ai admiré la sérénité de son stoïcisme. Il y a une grande fermeté dans cette âme-là.

Il rend volontiers hommage à la sincérité des républicains. Mais, nourri dans les vieilles doctrines de l'oligarchie anglaise, il s'imagine que cette forme est le beau idéal des formes de gouvernement, et il se persuade qu'il est beaucoup plus progressif que les démocrates les plus avancés.

M. Guizot n'est point monarchique par sentiment, par personnalité; car il lui est fort égal, ainsi qu'à tous les gens de son école, qui régnera, de la branche cadette ou de la branche aînée, ou de toute autre branche. Le véritable gouvernement pour lui, c'est l'aristocratie; l'aristocratie des grands seigneurs, qu'il aimerait assez s'il eût été noble; l'aristocratie des bourgeois, dont il veut, parce qu'il est bourgeois.

M. Guizot a une sorte de raideur qui en

impose toujours à son propre parti et à ses
adversaires. Les assemblées délibérantes, et
surtout les majorités qui gouvernent et qui
ont besoin, lorsqu'elles n'en ont pas, qu'on
leur fasse une volonté, aiment beaucoup les
hommes délibérés; elles aiment qu'on les
mène, et elles se sentent soulagées ainsi de la
peine de se conduire elles-mêmes. M. Guizot
a cette morgue tranchante qui ne le rend
pas aimable à la majorité de la chambre,
mais qui le rend nécessaire. Il pose nettement
la question dans les moments décisifs, et il met
volontiers le marché à la main de ses adversaires. Cette tactique, qui jette l'opposition
dans la plus fausse des situations, la situation
défensive, lui a réussi jusqu'ici; et il a eu le
bonheur, il faut le dire, de ne rencontrer en
face de lui, à la tête de l'opposition et du tiers-
parti, que des hommes de talent sans doute,
mais un peu mous, un peu flottants, qui,
en éludant la question du oui ou du non,
lui laissaient presque tout l'avantage de
l'offensive.

Il ne faut pas croire que M. Guizot manque
d'adresse, et cette nature raide se détend et

s'assouplit à l'occasion. Il s'est maintenu à la tête de son parti, moins par la hauteur de ses maximes, que par son habileté à flatter deux vilains défauts, la peur et l'orgueil. Quand il voyait que la généralité philosophique ne mordait pas, il faisait frayeur aux centres des périls que courait leur personne et surtout leur fortune, chose à quoi ils tiennent par-dessus tout, et puis quand leur effroi était monté jusqu'au tremblement des membres, il leur disait bravement qu'ils avaient sauvé l'empire, en foulant sous leurs pieds le monstre hideux de l'anarchie, qu'ils avaient l'estime de tous les gens de cœur, de tous les gens de bien, de l'Europe entière, et que peu s'en fallait, si peu que rien, qu'ils ne fussent tous des héros, ce qui est toujours très-agréable à s'entendre dire.

Grave dans sa vie publique, opiniâtre dans son but plus que dans ses maximes, ambitieux par système et par tempérament, laborieux et décisif, M. Guizot avait les qualités et les défauts qui constituent un chef doctrinaire.

Vainqueur, M. Guizot ne s'amollit pas aux

délices de Capoue ; il vous met le pied sur la tête et vous écrase. Vaincu, il supplée au nombre par la tactique. Il suppute ses forces les jours de bataille. Il veille sur ses gens et les gourmande du geste et de la voix, donne le mot d'ordre, se poste sur les lisières du camp pour empêcher les désertions et rallier les incertains, et sa troupe marche bien unie sous ce chef habile et déterminé.

Lorsque M. Guizot sort de ses théories nébuleuses et qu'il entre dans le positif des affaires, il y apporte une lucidité d'idées et d'expression qu'on n'a point assez louée. Il va droit au but et il ne dit que ce qu'il faut dire, et il le dit bien. Commissaire du roi, il a été le plus remarquable de tous les commissaires que nous ayons entendus depuis vingt ans. Ministre, il a défendu son budjet avec plus de précision, de science et d'habileté qu'aucun autre ministre.

Sa diction, sans être véhémente ni colorée, est pure et châtiée. Il est peut-être le seul improvisateur dont les discours, reproduits par la sténographie, soient supportables à la lecture. C'est qu'il est le plus grammairien et le plus lettré d'entre eux.

M. Guizot ne serait que le chef obscur de quelques sectaires obscurs, s'il n'avait établi ses batteries que dans le centre du parlement. Mais il a su bâtir au dehors des citadelles, des forts détachés, du haut desquels il foudroie ses adversaires épars et désunis.

Il a très-bien senti que, dans une forme de gouvernement où ce sont les idées qui règnent, il fallait d'abord accaparer et retenir les gens qui exploitent la fabrique des idées. Les journaux ministériels, même quand il n'est pas ministre, sont remplis de créatures de M. Guizot, qui, chaque matin, entonnent ses louanges et font son ouvrage. Il a si bien occupé toutes les avenues des académies des sciences morales et politiques et de l'académie française, que l'on ne peut plus y entrer sans sa permission. Les trois quarts des sous-préfets, des préfets et des procureurs-généraux sont des doctrinaires sifflés par lui et qui répètent ses leçons. Tous les pédants en *us* et en *i* de l'Europe allemande et scythe tombent en extase devant la profondeur incompréhensible de son génie, et les ambassadeurs de la sainte alliance, dont il fait si bien les affaires, le recommandent dans leurs notes

secrètes. Il a peuplé le conseil-d'état, il a re-
cruté la chambre des pairs, et il a placé en
sentinelles dans la garde-robe, dans les antichambres et peut-être même dans les cuisines
du château, des doctrinaires de toute sorte
de sexe, en jupon, en bonnet de laine et en
épaulettes.

M. Guizot lui-même a ses petites entrées à
la cour, et il règne dans le cabinet des Tuileries aussi bien que sur le canapé. La Cour
est doctrinaire, doctrinaire avec une intelligence bornée, je le sais bien, avec une
prolixité molle et intempérante de langage,
et avec quelque pauvreté, non d'écus assurément, mais d'idées.

Aussi, je suis loin de dire que M. Guizot
ne soit de beaucoup supérieur à la Cour
par l'entendement, par le caractère et par la
parole. Mais de ce que le Père Lachaise
était plus savant que Louis XIV, Louis XIV
n'en était pas moins jésuite, et de ce que la
Cour ne peut aller de pair avec M. Guizot,
la Cour n'en est pas moins une bonne et
franche doctrinaire, qui s'en fait honneur,
et qui a voulu, avec son maître en pédago-

gie, la loi électorale, l'hérédité de la pairie, les lois de septembre, la loi de disjonction et les apanages. En sorte qu'on peut dire que la Cour et M. Guizot, M. Guizot et la Cour mènent la France de compagnie, et voilà le septième an, comme nous voyons qu'elle est menée. MM. Casimir Périer, Soult et Thiers ont été les premiers ministres du système. Mais ils n'étaient pas le système. Dissolvez, ne dissolvez pas, qu'importe? Légitimistes, tiers-parti, dynastiques, anti-dynastiques, ils ont beau, tout tant qu'ils sont, bruire et s'agiter, je vous le prédis, les doctrinaires prévaudront avec ou sans porte-feuille, à moins que la Cour ne change ou que ce soit M. Guizot.

Je n'ai point à m'occuper ici de la Cour. Je ferai un autre jour le portrait de son orateur extrà-parlementaire, et je sais d'ailleurs qu'il serait injuste d'exiger des gens au-delà de leur capacité.

Mais comment M. Guizot, pour ne parler que de lui, a-t-il pu mettre sa belle intelli-gence au service des camarillaires et des loups-cerviers? Comment lui, qui est honnête homme, ne se sentait-il pas mal à l'aise au milieu de cette tourbe ministérielle, si servile et si dépravée? Comment lui, qui a vu de si près le fond de tant de cœurs faux, de tant de consciences gâtées, de tant de corruptions vénales ou vaniteuses, n'a-t-il pas rougi jusqu'au bord des paupières de ce métier qu'il faisait? Comment lui, calviniste, lui persécuté dans ses ancêtres pour la liberté de la discussion religieuse, a-t-il pu interdire à tant de manipulateurs souverains de chartes, de serments et de rois, la liberté de la discussion politique? Comment lui, qui avait demandé l'abolition de la peine de mort, a-t-il pu proposer de condamner des écrivains au supplice mille fois plus cruel de la déportation, dans les mornes d'une île déserte et sous un ciel de feu? Comment lui, qui est un homme de pensée et d'art, a-t-il pu mettre les intérêts matériels, si brutaux et si épais, au-dessus des intérêts moraux, au-dessus de l'amour sacré de la patrie et de la liberté, au-dessus de tous ces nobles penchants qui sont la vie, le charme et la grandeur des peuples civilisés? Dieu a permis qu'il fît tant de mal en punition de son orgueil.

M. Guizot a tant soufflé aux gros bourgeois ses maximes égoïstes, perverses, impies, anti-chrétiennes; il leur a tant répété qu'ils étaient les rois de la science, de la parole et de la pensée, qu'ils étaient les maîtres absolus du sol et de l'industrie, que tout leur appartenait par droit de suprématie sociale, et que le reste de la nation n'était qu'un ramas d'ilotes et de barbares, que les gros bourgeois se sont arrangés en conséquence; qu'ils se sont plongés, repus et engourdis dans les charnelles délices de la matérialité; qu'ils se sont distribué et partagé tous les emplois dans la garde nationale, dans les conseils de département, dans la magistrature, dans l'armée, dans les corps législatifs, dans toutes les administrations; qu'ils ont battu des mains aux lois de monopole sur les élections, le jury, le recrutement, les céréales et les douanes, aux listes civiles les plus monstrueuses, aux apanages, aux abus ducaux et princiers, à toutes les dilapidations de ville et de cour, et qu'ils ont attaché et lié le peuple tout vivant à une sorte de glèbe féodale, plus insupportable relativement que celle du moyen-âge.

M. Guizot, au lieu de suivre le siècle dans

ses ondulations, dans ses transformations suc-
cessives et dans ses voies de progrès, a voulu
construire une société de fiction, moitié anglaise, moitié doctrinaire, qui allât tout d'une
pièce et qui s'en ira tout d'une pièce aussi. C'est
une œuvre contre nature. Le peuple deman-
dera ce que tout cela signifie, et qu'on lui
rende enfin ses comptes. Alors il se fera des
craquements effroyables dans cet édifice battu de tous côtés par la tempête démocratique,
et il faudra déménager au plus vite, et M. Guizot, ce prétendu conservateur, sera peut-être
le premier à jetter le cri du *sauve qui peut
général.*

ÉTUDE III.

—

M. Thiers.

M. Thiers n'a pas été bercé, en venant au monde, sur les genoux d'une duchesse.

Né pauvre, il lui fallait de la fortune ; né obscur, il lui fallait un nom. Avocat manqué, il se fit littérateur, et il se jeta à corps perdu dans le parti libéral, plutôt par nécessité que par conviction. Alors il se mit à admirer Danton et les hommes de la Montagne, et il poussa jusqu'à l'exaltation le fanatisme calculé de ses hyperboles. Dévoré de besoins, comme les gens à imagination vive, il dut les commencements de sa richesse à M. Laffitte, et sa réputation à son propre talent. Cependant, sans

Imp. d'Aubert, paris.

THIERS.

la révolution de 1830, M. Thiers ne serait aujourd'hui ni électeur, ni éligible, ni député, ni ministre, ni même académicien : il aurait vieilli dans l'estime littéraire d'une coterie.

Depuis, M. Thiers a changé de rôle : il s'est fait monarchiste, aristocrate, souteneur de priviléges, donneur et exécuteur d'ordres impitoyables ; il a attaché son nom à l'état de siége de Paris, aux mitraillades de Lyon, aux magnifiques exploits de la rue Transnonain, aux déportations du Mont-St-Michel, aux lois sur les associations, les crieurs publics, les cours d'assises et les journaux; à tout ce qui a enchaîné la liberté, à tout ce qui a flétri la presse, à tout ce qui a faussé le jury, à tout ce qui a décimé les patriotes, à tout ce qui a dissous les gardes nationales, à tout ce qui a démoralisé la nation, à tout ce qui a traîné dans la boue la généreuse et pure révolution de juillet.

Ses amis, il les a quittés, ses doctrines, il les a reniées; il a servi à la royauté d'instrument bon à tout, propre à tout, de ces instruments qui plient et ne rompent jamais, qui se courbent jusqu'à joindre les deux bouts, et qui se redressent comme une flèche, tant ils sont souples!

Lorsque, dans une monarchie, un homme sans caractère et sans vertu a reçu une édution plus lettrée que morale, et que, porté sur les bras de la fortune, il monte les degrés du pouvoir, son élévation lui tourne la tête. Comme il se trouve isolé sur les hauteurs où il est parvenu, et qu'il ne sait où s'appuyer, n'ayant ni considération propre, ni entourage, n'étant plus et ne voulant plus être peuple, et ne pouvant être, quoi qu'il veuille et qu'il fasse, noble et grand seigneur, il se met sous les pieds de son roi, il les lui baise, il les lui lèche, et il ne sait par quelles contorsions de servitude, par quelles caresses de supplication, par quelles simulations de dévouement, par quelles génuflexions, par quels baisepieds, lui témoigner son humilité et le terre-à-terre de son adoration. Les personnages de cette espèce sont comme ces prédestinés de la géhenne qui ont fait un pacte avec le diable. Ils sont marqués de son ongle, et s'il veulent détourner la tête, rompre un

anneau de leur chaîne, faire un pas, le maître
infernal à qui leur corps s'est livré, à qui
leur âme s'est vendue, leur crie : Tu es à
moi !

M. Thiers se tourmente et s'épuise à parler continuellement de son honnêteté, de sa
franchise, de son mépris des grandeurs, de
son amour pour la révolution de juillet. Est-ce
que M. Thiers s'imagine qu'on mettrait en
doute ces quatre choses là ?

M. Thiers est sans figure, sans taille et
sans grâce. Il a, dans son babil, quelque
chose de la commère, et dans son allure
quelque chose du gamin. Sa voix nazillarde
déchire l'oreille. Le marbre de la tribune lui
va à l'épaule, et le dérobe presque à son auditoire. Il faut ajouter que personne ne croit
en lui, pas même lui, et sa rouerie proverbiale achèverait d'ôter le peu de morale illusion qu'on pourrait se faire en l'écoutant.
Disgrâces physiques, défiance de ses ennemis
et de ses amis, il a tout contre lui, et cependant, lorsque ce petit homme s'est emparé de
la tribune, il s'y établit si à l'aise, il a tant
d'esprit, tant d'esprit, qu'à défaut de tout

autre sentiment, on se laisse aller au plaisir de l'entendre.

Ce n'est pas qu'il procède par saillies à vives arêtes comme Dupin, ni qu'il ait la parole grave d'Odillon Barrot, ou le sarcasme moqueur de Mauguin, ou l'ondoyante élo quence de Sauzet, ou la raison supérieure de Guizot ; c'est une sorte de talent à part, qui ne ressemble de près, ni de loin, à celui de personne.

Ce n'est pas de l'oraison, c'est de la causerie, mais de la causerie vive, brillante, légère, volubile, animée, semée de traits histo riques, d'anecdotes et de réflexions fines ; et tout cela est dit, coupé, brisé, lié, délié, re cousu avec une dextérité de langage incom parable. La pensée naît si vite dans cette tête là, si vite qu'on dirait qu'elle est enfantée avant d'avoir été conçue. Les vastes poumons d'un géant ne suffiraient pas à l'expectoration des paroles de ce nain spirituel. La nature, toujours attentive et compâtissante dans ses compensations, semble avoir voulu concen trer chez lui toute la puissance de la vitalité dans les frêles organes du larynx.

Sa parole vole comme l'aile de l'oiseau

mouche, et vous perce si rapidement qu'on se sent blessé sans savoir d'où le trait part.

Il s'arrête quelquefois tout-à-coup pour répondre aux interrupteurs, et il décoche sa réplique avec une prestesse d'à-propos qui les étourdit.

Si une théorie a plusieurs faces, les unes fausses, les autres vraies, il les groupe, il les mêle, il les fait jouer et rayonner devant vous d'une main si vive, que vous n'avez pas le temps d'atrapper le sophisme au passage. Je ne sais si le désordre de ses improvisations, si l'incohérent entassement de tant de propositions hétérogènes, si le bizarre mélange de toutes ces idées et de tous ces tons, est un effet de son art ; mais c'est de tous les orateurs celui dont la réfutation est la plus facile quand on le lit, la plus difficile quand on l'écoute. C'est le roué le plus amusant de nos roués politiques, le plus aigu de nos sophistes, le plus subtil et le plus insaisissable de nos prestidigitateurs. C'est le Bosco de la tribune.

Quelquefois il s'attendrit sur lui-même, et personne alors ne sait mieux que lui mimer la victime. Quelquefois il se donne des ac-

cents d'homme de bien, et il tire de sa poitrine de profonds gémissements sur les per-
versités de l'opinion. Il fait aussi à merveille
le doucereux, et, au moment où vous croyez
qu'il vous caresse, il vous griffe. Ah! le petit
traître!

Il aime la possession du pouvoir, non pas
pour ce que le pouvoir est en lui-même,
mais pour le bien-être qu'il procure. M. Guizot en a l'orgueil, et M. Thiers le sensua-
lisme. Cela vient de ce que, pendant les deux
tiers de sa vie, il a été sevré des jouissances
de la fortune : il s'en gorge aujourd'hui avec
l'avidité et l'égoïsme d'un famélique.

M. Thiers est un démon d'esprit. Il en a,
je crois, à tous les coins des lèvres et jusqu'au
bout des ongles. Son organisation ressemble
à celle de Voltaire; frêle, nerveuse, fugace,
impressionnable. Il a les caprices et la muti-
nerie d'un enfant, avec des prétentions à la
gravité d'un philosophe.

M. Thiers est plus homme de lettres
qu'homme d'état, et plus artiste qu'homme
de lettres. Il se passionnera beaucoup pour
un vase étrusque, peu pour la liberté.

Son enthousiasme pour nos grands révolutionnaires n'était qu'un enthousiasme de
jeune homme et d'écolier, où se mêlait, à son
insu, le dépit de n'être rien alors, avec le
vague espoir de devenir un personnage. Mais
l'abus des jouissances monarchiques a bientôt
efféminé son tempérament et il a descendu
quatre à quatre l'escalier du grenier au
salon, s'installant dans les beaux sophas à
crépines d'or, comme s'il ne se fût jamais
assis sur la paille; grand seigneur par instinct, comme d'autres le sont par naissance et
par habitude.

Sceptique par insouciance, en morale, en
religion, en politique, en littérature et à peu
près en tout, il n'y a pas de vérités qui le
touchent profondément, pas de dévouement
sincère et radical à la cause du peuple qui ne
le fasse rire. C'est une étoffe lustrée qui
chatoie et qui reflète au soleil toutes sortes de
couleurs, sans en avoir une qui lui soit propre, et dont le tissu peu serré laisse voir le
jour à travers.

Confiez lui si vous voulez, la marine, la
guerre, l'intérieur, la justice, la diploma-

tio ; mais ne laissez pas à sa disposition des millions et surtout des centaines de millions ; car ils passeraient comme l'eau, dans le crible de ses doigts. A sa facilité de dépenser l'argent, il joint une certaine manière d'en rendre compte qui n'est pas celle de tout le monde, et il appelle cela spirituellement l'art de grouper les chiffres.

J'aime, au surplus, ce discoureur naturel, vif, à la libre allure. Il converse avec moi et il ne déclame point. Il ne psalmodie pas toujours sur le même ton, comme les frères prêcheurs de la doctrine. Il finit bien, à la longue aussi, par me fatiguer de son babil. Mais c'est une espèce d'ennui qui me délasse de la monotonie oratoire, cet éternel ennui, le premier des ennuis pour un auditeur, pour un martyr parlementaire condamné à la subir depuis midi jusqu'à six heures de relevée.

M. Thiers me donne l'idée d'une femme sans barbe, d'une femme instruite et spirituelle, non pas debout mais assise à la tribune, qui broderait une causerie sur mille sujets, voltigeant de l'un à l'autre avec une grâce légère, sans que le travail de son intelligence paraisse sur ses lèvres toujours en mouvement.

Je ne le sais pas, pas le moins du monde, mais j'affirmerais que M. Thiers est en état de discourir trois heures durant sur l'architecture; la poésie, le droit, la marine, la stratégie, quoiqu'il ne soit ni architecte, ni poète, ni jurisconsulte, ni marin, ni militaire, pourvu qu'on lui donne une après-dîner de préparation. Il a dû étonner ses plus vieux chefs de division, lorsqu'il dissertait d'administration avec eux. A l'entendre parler de courbes, d'assises, de déchets, de mortier hydraulique, vous l'auriez cru maçon, sinon architecte. Il disputerait de chimie avec Gay-Lussac, et il apprendrait à Arago à braquer un télescope sur Vénus ou sur Jupiter. Il ne doute de rien, parce qu'il sait bien devant qui il parle.

M. Thiers sera capable de travailler quatorze heures de suite, et puis après vous serez un mois sans pouvoir arracher à sa nonchalance la moindre signature. C'est peut-être un bon ministre parlementaire, mais ce n'est pas un bon ministre administratif.

Avez-vous vu, par hasard, M. Thiers dans les bureaux de la chambre? Avez-vous admiré les ressources de cet esprit brillant et ingénieux? M. Thiers luttait contre M. de Salvandy sur la question espagnole. C'était le combat du tauréador, vif, agile, plein d'audace, avec un bœuf colossal et lourd. M. de Salvandy, tout caparaçonné, suait et soufflait dans son argumentation. M. Thiers espadonnait autour de sa tête et de ses reins, et lui faisait mille blessures. A la fin, il le prit par les cornes et le renversa sur l'arène, à la risée des spectateurs.

Quand M. Thiers s'aperçoit que sa conversation languit, et que l'on commence à bâiller, il se tourne brusquement vers la droite, qui ne s'attend pas le moins du monde à cette sortie-là, et il lui lance à bout portant quelques phrases de réchauffé qu'il tient en réserve, sur la victoire de Jemmapes et sur le drapeau tricolore. Cette tirade quasi-révolutionnaire ne manque jamais son effet, et les traîneurs de sabre applaudissent l'orateur, qui se remet bien vite en selle.

Sa voix de fausset tombe, s'attendrit et se

mouille de larmes, s'il vient à parler de son roi, des vertus de son roi, de ses dignes ministres, de leur noble et paternelle administration. Que dites-vous, je vous prie, de cette noble et paternelle administration qui a étranglé la liberté de discussion, et qui nous a infligé les aimables lois de septembre? M. Thiers doit joliment rire le soir, dans sa petite loge d'opéra, et comme il doit trouver que nous sommes bonnes gens !

Il a tant de talent avec tant d'inconsistance, et tant de ressources oratoires et d'expédients gouvernementaux, avec tant d'étourderie, qu'on ne peut guère s'en servir ni s'en passer. M. Thiers est un secours qui sera toujours un embarras.

Aujourd'hui mis à la réforme, demain replacé en activité de service, il pourra, par intervalles, commander l'armée parlementaire. Mais il n'aura jamais de soldats à lui comme MM. Guizot et O. Barrot ; car on ne peut le reconnaître ni à la forme de sa tente, qu'il dresse tantôt sur un terrain, tantôt sur l'autre, ni à la couleur de son drapeau qui a un peu de rouge, un peu de bleu et un peu

de blanc, mais qui n'est ni rouge, ni bleu,
ni blanc.

Je me suis trompé, et qui ne se serait pas
trompé avec moi, lorsque j'ai dit que, malgré son talent, M. Thiers n'arriverait jamais
au premier poste de l'État, parce que la considération lui manquait. La considération
vient d'une haute probité, comme celle de
M. Dupont de l'Eure; la considération vient
d'un caractère politique, qui ne s'est jamais
démenti, comme celle du général Lafayette;
la considération vient d'une immense fortune
acquise par de longs travaux, comme celle
de C. Périer; la considération vient d'un
patronage de longue date et d'une générosité
princière, comme celle de M. Laffitte; la
considération vient d'une haute dignité, et
même, il faut le dire, dans le préjugé de nos
mœurs infirmes, d'une haute naissance,
comme celle de M. de Broglie; la considération vient de la subordination militaire, de
l'éclat des victoires et des services rendus par
une glorieuse épée, comme celle du maré-
chal Gérard; la considération vient de l'illus-
tration des ancêtres ou de la gravité person-

nelle, comme celle de M. Molé; la considération vient d'une vie digne et modeste,
comme celle de M. Royer-Collard; la considération enfin, vient quelquefois de la grâce
des manières et de l'affabilité polie du langage,.
comme celle de M. de Talleyrand, et celle-là
n'est pas à dédaigner, dans un pays où la pensée immuable dépêche ses ordres au cabinet, et où les ministres ne sont guère que
des expéditionnaires et des commis. Or, à
laquelle de toutes ces sortes de considérations
M. Thiers prétend-il? nous serions fort embarrassés de le dire, et lui aussi.

Et cependant M. Thiers a été premier ministre, quoiqu'il manquât de considération,
et, chose plus extraordinaire, il est tombé en
disgrâce, et il n'a pas été envoyé, pour l'amusement des sultanes, en ambassade chez le
Grand-Turc!

M. Thiers était, de son temps, le plus souple des serviteurs du château. C'était lui qui
recevait les confidences intimes; il se faufi-
lait dans toutes les intrigues, les brouillait
et les débrouillait, les conduisait et les ra-
menait. Il avait les expédients du dehors, et

il avait les ressources de la tribune. Il n'y a pas d'arguments si serrés à travers lesquels il ne passât; il avait réponse à tout, bonne ou mauvaise, mais qui ne se faisait jamais attendre, et l'on ne pourrait peut-être pas citer une seule occasion ou il ait été pris de court.

Il est vrai que ce talent-là serait de peu d'usage avec un gouvernement national qui avouerait ses fautes lorsqu'il en ferait, parce qu'un gouvernement national ne voudrait marcher que dans les voies de la justice; mais lorsque, de dessein prémédité et dans un but contre-révolutionnaire, on s'est mis à côté de toute vérité et de toute liberté, lorsqu'on ne subsiste que de stratagèmes et de sophismes, lorsqu'on veut les réalités du despotisme avec les apparences de la légalité, il faut bien se servir de toutes sortes de moyens, frauder les principes et ruser le pays.

Or, M. Thiers est évidemment propre à rendre ce genre de service. Aussi les doctrinaires, qui l'avaient pris à leur solde, ne l'ont guère en estime. Tout en lui passant la main sur le dos pour le flatter, ils craignaient

ses bonds sautés et ses coups de griffe ; ils ne
le faisaient jamais asseoir avec eux sur leur
canapé ; ils le tenaient à distance ; ils le re-
gardaient comme un homme sans consis-
tance et sans principes, lié avec eux par la
solidarité des mêmes méfaits, mais qui
n'était pas à la hauteur de leurs doctrines, et
dont l'habit, si bien brossé qu'il fût, laissait
toujours apercevoir, dans quelque coin de ses
parements, certaines taches de boue révolutionnaire.

M. Thiers, à son tour, subissait leur joug
superbe avec impatience ; il se pliait, se tordait et se baissait devant eux, mais c'était
pour les prendre en dessous. Caché dans son
terrier, il y creusait leur ruine. Il travaillait
des pieds et des mains sous l'édifice de leurs
grandeurs. C'était la taupe du ministère.

M. Thiers, il faut aussi l'en louer, avait fait
de remarquables progrès en religion. On ne
parlait plus, à la cour et à la tribune, que de
Dieu et de ses anges, du paradis, de la sainte
vierge, de la sainte église, des saintes bénédictions du ciel, des saints mystères, des
miracles et de la Providence appliquée à la

politique. C'était, dans la bouche des étranges hommes qui prononçaient ces mots, un autre genre de blasphème. Les philosophes de la rue de Grenelle s'agenouillaient humblement sur des brocards d'or et de pourpre, et l'athéisme s'était fait dévôt. Comment voulez-vous qu'avec cela on ne sauvât pas la monarchie?

Au demeurant, M. Thiers, sans être tout-à-fait un saint homme, n'est pas un méchant homme; il n'a la force ni d'aimer ni de haïr. On peut le pousser à des excès, il ne s'y portera pas de lui-même. S'il est léger de caractère, s'il est cynique dans ses propos, il doit ces défauts à sa mauvaise éducation. Où aurait-il appris à vivre? mais il ne fera point le mal pour le mal.

Je ne le crois pas non plus homme d'argent, à le prendre pour lui, et c'est de la bonne foi à moi, c'est presque du courage de le dire. Car je m'étais pendant longtemps imaginé le contraire.

Je dois dire aussi que M. Thiers a résigné son portefeuille non sans dignité et que ni lui ni M. Guizot n'ont pas, en sortant de charge, imité ces ignobles personnages qui ,

> « Pour ne pas rentrer au logis les mains nettes,
> « Auraient du buvetier emporté les serviettes. »

Enfin je tiens M. Thiers, je le répète, pour
un homme de merveilleux esprit, esprit
d'une facilité d'expédients, d'une souplesse de
forme, d'une lucidité, d'un à-propos, d'une
finesse et en même temps d'un naturel qui
plaît d'autant plus qu'il contraste davantage
avec les magnificences ambitieuses de la tribune.

Mais aussi quelle affectation de parler toujours de sa probité ! quelle cruelle et détes-
table ironie de vanter sa fidélité à la révolution de juillet, lui qui l'a tant trahie ! lui,
l'admirateur de la Convention, qui s'attacha
à la queue d'une majorité quasi-légitimiste !
lui, sorti de rangs du peuple, qui tranche
de l'aristocrate et qui a plaidé pour l'hérédité de la pairie ! lui, le panégyriste du républicain Danton, qui se mettait à deux genoux pour jouer avec les boucles de souliers
de son roi, et qui se faisait le confident intime
des petits secrets de la garde-robe ! lui qui,
plus que tout autre, aurait dû rester homme

de tribune, et qui se complaisait et s'enfermait dans la manutention suspecte des fonds secrets et des télégraphes !

Entre M. Thiers et M. Guizot, antagonisme du tout au tout. L'un ductile, l'autre gourmé ; l'un que ses vieux retours de jeunesse entraînaient à la dérive vers la gauche, l'autre que les fougues, les surprises du légitimisme portaient vers la droite. Unis par la peur, au moment de perdre le butin de juillet, séparés après la victoire, par la convoitise des dépouilles, ils ne pouvaient se donner la main l'un à l'autre sans la retirer le sang aux ongles, et leurs baisers sur la joue, en plein spectacle, n'étaient que des baisers de trahison et de mort. Il fallait bien que ces inséparables amis se quittassent.

Et, à vrai dire, il y avait entre eux encore plus d'antipathie de caractère que d'opinion, et , comme il arrive des forts aux faibles, M. Guizot se serait accommodé plus volontiers de M. Thiers, que M. Thiers de M. Guizot.

C'est à qui maintenant de ces deux spadassins d'état renversera l'autre du haut des tréteaux dans la boue. Noble pugilat !

Dans la dernière session, M. Thiers a ramé

entre Carybde et Scylla; avec une incroyable
souplesse d'aviron, évitant la gauche sans
donner à droite. On voyait bien qu'il venait
de passer par le ministère des affaires étrangères. Son discours, appris d'avance et travaillé extrêmement, est un petit chef-d'œuvre
à l'usage des ambitions ministérielles. Il fait
sentir à l'opposition dynastique, avec une
bienveillance caressante, le prix de sa nouvelle alliance. Il assure, en passant, M. Molé
qu'il peut à demi compter sur sa dédaigneuse
protection, et il accable M. Guizot sous la
moquerie de sa défaite, mais tout cela à pas
de loup, à mot couvert. Aux bons enten-
deurs, cela signifiait que chacun des deux
partis serait trop heureux d'en revenir à lui.
Mais, allié trop incertain de l'un, allié trop
récent de l'autre, M. Thiers n'est pas assez
révolutionnaire pour l'opposition, et pas
assez royaliste pour les doctrinaires.

Parmi les chefs d'accusation dont on a sur-
chargé fort inutilement la loi sur la responsa-
bilité des ministres, on en a oublié un, le
plus essentiel de tous, le seul peut-être
qui soit à l'usage de ce temps-ci; c'est le

chef d'accusation pour démoralisation du peuple.

Ah! lorsque la révolution de juillet aura brisé la chaîne que les renégats attachaient à son pied pendant qu'elle, sans défiance, levait innocemment les yeux vers le ciel, on la verra porter contre les gens de cette espèce une terrible accusation. Elle leur dira:

« Je n'avais rien à attendre de ceux qui
« suivirent à Gand la royauté déchue, et qui
« affichèrent toujours, avec une audace pleine
« d'impudeur mais de franchise, les doctri-
« nes de la restauration. Mais vous, hommes
« de juillet, vous que j'ai tirés de votre
« obscurité, vous que j'ai pris par la main
« et que j'ai portés, de degré en degré, au
« sommet du pouvoir, qu'avez-vous fait de
« mon honneur? Pourquoi suis-je devenue
« la risée de l'Europe? Pourquoi, lorsque
« les nations indignées regardent fixément
« leurs oppresseurs, ne suis-je plus présente
« à leurs espérances ni même à leur souve-
« nir? Pourquoi mon nom ne frémit-il plus
« sur leurs lèvres, lorsqu'elles murmurent
« les paroles sacrées de la liberté? N'ai-je

« versé le plus pur de mon sang que pou
« expier le triomphe de mon principe par
« l'amère dérision de ses conséquences? In-
« dépendance, liberté, patrie, honneur, vertu,
« vous avez tout pesé au poids de l'or. Vous
« avez inspiré vos lâches frayeurs à ces as-
« semblées de législateurs qui, jadis, aux
« accents sublimes de la *Marseillaise,* lancè-
« rent nos quatorze armées sur l'ennemi; à
« ces bourgeois d'où sortirent les héros de
« nos grandes guerres, à ces industriels
« abusés qui n'auront appris à vous connaître
« qu'après que vous les aurez ruinés et per-
« dus. Vous avez été prier, à l'extrémité de
« l'Europe, un roitelet d'être assez bon pour
« accepter l'argent de nos artisans et de nos
« laboureurs, et l'on vous a vus passer les
« mers, le tribut à la main, pour aller men-
« dier aux genoux de la railleuse Amérique
« le pardon du général Jackson et l'oubli de
« nos victoires! Continuez à dégrader votre
« établissement. Affublez-le des magnifiques
« oripaux de la police et de l'agiotage. Faites
« les valets de garde-robe avec vos principi-
« cules. Faites les marquis de Louis XIV avec

4

« des souliers ferrés et des jurons de cabaret.

« Faites les braves et les vainqueurs avec les
« marabouts du prophète et avec les soldats
« du pape, tandis que la lance d'un pandour
« autrichien vous glacera de peur. Riez de
« voir le petit Gotha, ce faiseur d'enfants,
« beau métier de prince, fouler sous les pieds
« de ses chevaux la majesté du peuple sou-
« verain. Ayez partout et sur tout peur de
« tout. Enrégimentez vos principes sous la
« garde de vos sergents. Suspendez sur nos
« têtes la terreur sombre et l'attente de vos
« confiscations et de vos exils d'outre-mer.
« Violez la sainteté et la pudeur de nos foyers
« domestiques. Calculez au prix coûtant, sur
« l'édredon de vos sophas, ce que peut valoir
« la conscience d'un bâcleur de chartes ou d'un
« salarié; mais grâce pour la vertu du peuple !
« grâce! n'affichez pas devant lui le spectacle de
« vos apostasies et la corruption de vos exem-
« ples!

« Allez ! l'amour de la liberté, qui, sous
« votre haleine impure, se flétrit et s'éteint
« dans son âme, saura bien se ranimer
« quand il en sera temps, et quoi que vous

« fassiez pour abrutir ce noble peuple, il lui
« restera encore assez d'intelligence pour
« comprendre tout le mal que vous lui avez
« fait, et assez de justice pour vous punir! »

ÉTUDE IV.

—

M. Berryer.

A LA tête des orateurs légitimistes, et le premier de tous, brille M. Berryer.

Il faut que toutes les opinions qui couvrent la France aient, dans le sein de la chambre, une représentation fidèle et proportionnée à la masse correspondante des opinions extérieures. Nous regretterions, pour la justice et la sincérité des choses, qué chaque parti ne fût pas représenté par ses plus illustres orateurs; le tiers-parti, par MM. Dupin et Thiers; la gauche dynastique, par MM. Odilon-Barrot et Mauguin; la gauche puritaine, parMM. Garnier-Pagès et Arago; les doctrinaires, par MM. Guizot et Jaubert; les légitimistes, par M. Berryer. La chambre

Imp d'Aubert, paris

BERRYER.

tire son autorité morale de ses illustrations, et que servirait au pays et au ministère lui-même une chambre inepte et ridicule, qu'il traînerait à sa suite parmi les bagages de sa domesticité?

Le parti légitimiste a fait ce que devraient faire toujours les minorités intelligentes, il a suppléé au nombre par la qualité. Il a choisi ses députés parmi des hommes éloquents et probes. Leur tenue est digne, leur conduite prudente, leur langage poli et mesuré, et leurs doctrines ne se produisent qu'avec l'urbanité des convenances parlementaires.

Mais leur position est fausse. Ils ont été envoyés à la chambre par les hommes de leur parti, pour y relever le drapeau blanc, et sitôt qu'ils font apparaître le plus petit bout de ce drapeau, l'orage universel qui s'élève et qui souffle les condamne à le replier bien vite. Il faut donc qu'ils se mettent à la suite de l'opposition, qu'ils s'accrochent aux pans de son habit, qu'ils imitent son langage, qu'ils parlent comme elle de la liberté et de liberté large, et ce sont là des paroles bien étranges, bien nouvelles dans leur bouche, des paroles qui auraient passé pour séditieuses sous le règne de Charles X, et qui ne s'accordent en effet ni avec son principe ni avec ses actes. On se méfie de ces protestations libérales, qui paraissent plutôt un stratagème d'opposition que l'expression d'une conversion sincère. On se dit que les légitimistes jetteraient bientôt le masque si Henri V revenait, et que, comme ils ne font aujourd'hui que de la liberté, ils ne feraient alors que du pouvoir.

Les députés légitimistes forment, dans la chambre, un camp séparé. C'est une petite église qui a ses dogmes invariables, et où ils chantent en chœur les louanges de leur seigneur et maître. Ils ressemblent un peu aux Juifs, séparés de leur patrie, et qui pleuraient, dans le secret du tabernacle, l'exil de leur Dieu et le renversement de leur temple et de leurs saintes lois.

M. Berryer a été longtemps le seul orateur et presque le seul député de son parti. Non pas qu'il n'y eût à la chambre un certain nombre de légitimistes honteux qui se groupent dans les hauteurs du centre, et qui feraient bon marché de la quasi-légitimité, si Henri V reparaissait, à vingt-cinq ou trente lieues de Paris, escorté de hulans et de cosaques. Mais ces légitimistes déguisés ne révèlent qu'au scrutin leurs secrets penchants, et le reste du temps, ils ficèlent si bien le masque du juste-milieu à l'entour de leur visage, qu'il est impossible de l'en arracher. Si, dans la dernière législature, M. Berryer, entraîné par la pente de l'improvisation, laissait échapper quelques regrets un peu trop vifs sur l'absence de son roi, les légitimistes honteux étaient les premiers à faire entendre un sourd murmure, et, s'ils avaient tenu quelque pierre dans leur main, il n'auraient pas balancé à la lui jeter, le public des tribunes les regardant faire. Mais, dans les couloirs, ils ne jouaient plus ce rôle de courroucés, et, s'ils rencontraient M. Berryer à l'écart, ils lui froissaient l'épaule, lui serraient discrètement les doigts, et lui disaient: « Oh! que vous avez raison, M. Berryer. Allez, nous sommes avec vous! Qui ne regretterait pas ces excellents princes? »

M. Berryer admirait beaucoup la haute prudence de ces nobles procédés. Mais il aurait voulu qu'on lui fournît un peu plus d'aide lorsqu'il montait à la tribune. Peut-être aussi ce sentiment d'indulgence, de convenance, de loyauté, qui, surtout dans une assemblée française, environne un athlète courageux, luttant seul contre un bataillon d'adversaires, a-t-il servi M. Berryer mieux que n'aurait pu le faire l'adhésion d'un nombreux parti. Peut-être la difficulté même de cette position extraordinaire a-t-elle donné à son talent plus d'énergie et plus d'éclat, comme on voit le jet d'eau sortir plus vigoureux du tube étroit qui le renferme.

M. Berryer est le premier de nos orateurs. Depuis Mirabeau, personne n'a égalé M. Berryer: ni le général Foy, qui récitait plus qu'il n'improvisait, et qui ne réunissait pas la dialectique serrée des affaires à la puissance d'organe et à la vaste éloquence de M. Berryer; ni M. Lainé, qui n'avait qu'un son harmonieux et pathétique; ni M. de Serre, qui, lourd et embarrassé dans ses exordes, ne laissait échapper que par intervalles le cri de sa passion oratoire; ni Casimir Périer, dont la véhémence ne se déployait que dans l'apostrophe; ni Benjamin-Constant, dont le talent avait plus de souplesse et d'art que de mouvement et d'énergie; ni Manuel, enfin, qui était doué d'un jugement sûr et courageux, mais qui, plus dialecticien qu'orateur, n'arrachait pas, comme M. Berryer, des frémissements involontaires à son auditoire ravi et transporté.

La nature a traité M. Berryer en favori. Sa taille n'est pas élevée; mais sa belle et expressive figure peint et reflète toutes les passions de son âme. Il domine l'assemblée de sa tête haute. Il a le geste moins sec, moins tranchant, plus noble que M. Guizot. Mais ce qu'il a d'incomparable, et par-dessus tous les autres orateurs de la chambre, c'est le son de la voix, la première des beautés pour les acteurs et pour les orateurs. Les hommes rassemblés sont extrêmement sensibles aux qualités physiques de l'orateur ou du comédien. Talma et mademoiselle Mars n'ont dû leur renommée qu'au charme divin de leur voix.

Donnez à Mlle Mars, donnez à Talma
une voix commune, quelle que soit la profondeur de leur jeu et le sentiment exquis de
leur art, Mlle Mars et Talma eussent vécu
ignorés. C'est par l'organe, souvent plus que
par les raisonnements, qu'on agit sur une assemblée. M. Barthe, lui-même, si vide d'i-
dées, si faible de dialectique, ébranle les
centres par l'accent pathétique de sa voix,
et nous ne croyons pas qu'il soit descendu
une seule fois de la tribune sans exciter des
bruissements laudatifs.

Mais M. Berryer ne doit pas seulement sa
prééminence au hasard heureux de ses qualités extérieures. Il est maître aussi dans l'art
oratoire. La plupart des autres parleurs s'a-
bandonnent à la verve de leurs inspirations,
et ils rencontrent, dans le désordre de leurs
excursions, de beaux mouvements, mais ils
manquent de méthode. On ne sait pas toujours bien, et ils ne le savent pas eux-mêmes,
d'où ils partent et où ils veulent arriver.
Ils se reposent en route et font halte pour
reconnaître leur chemin. Ce qui rend M. Berryer supérieur à eux, c'est que, dès le seuil de

son discours, il voit, comme d'un point élevé, le but où il tend. Il n'attaque pas brusquement son adversaire; il commence par tracer autour de lui plusieurs lignes de circonvallation; il le débusque de poste en poste; il le trompe par des marches savantes; il se rapproche peu à peu, il le suit, il l'enveloppe, il le presse, il l'étouffe dans les plis redoutables de son argumentation. Cette méthode est celle des larges esprits, et elle fatiguerait bientôt un auditoire aussi inattentif qu'une chambre française, si M. Berryer ne soutenait pas sa préoccupation légère par le charme de sa voix, l'animation de son geste et la noblesse élégante de sa diction.

D'ailleurs, après s'être laissé entraîner à la suite de l'orateur, et au moment où l'on se croit dévié de sa route et égaré, on se sent, avec plaisir, ramené au but par un détour habile et ingénieux, et l'on applaudit avec transport, à la puissance de son art.

M. Berryer comprend mieux que personne la tactique de l'opposition.

Il questionne, il interpelle, il étourdit son adversaire, afin qu'il se découvre à l'impro-

viste et qu'il puisse le percer sur-le-champ
au défaut de la cuirasse.

Il ébranle sur sa base un fait, un document, mais il a soin de ne pas le renverser
entièrement, et il lui suffit qu'il se soutienne
mal, tout disjoint qu'il est. Ses doutes valent des affirmations de lui à ses auditeurs.
Mais, des ministres à lui, ils ne valent que
comme des doutes, et il ôte ainsi, d'avance,
une partie de ses avantages à leur réponse.

Si quelque croupier des fonds secrets de
police, si quelque familier des cuisines du
château, se sent piqué au vif, il pourra bien
laisser échapper de son œsophage un gémissement caverneux et sourd. Mais n'ayez garde
qu'il interpelle l'orateur, de peur que Berryer, en se retournant pour voir qui se permet de lui répondre, ne l'écrase de sa mas-
sue.

Mais si quelque ministre ou souteneur de ministre marmotte une interruption saisissable,
M. Berryer se retire un peu en arrière de la
tribune et le regarde s'enferrer ; et puis, re-
venant tout-à-coup sur lui comme sur une
proie, il le secoue, le soulève, et, le laissant

retomber, il le cloue et l'aplatit sur son siège par une réplique foudroyante.

Sa mémoire contient sans effort les dates les plus compliquées, et son doigt se pose sans hésitation sur les passages dispersés des nombreux documents qu'il analyse, et qui fortifient la trame de ses discours.

Rien n'égale la variété de ses intonations, tantôt simples et familières, tantôt hardies, pompeuses, ornées, pénétrantes.

Sa véhémence n'a rien d'amer et ses personnalités rien d'injurieux.

Il tire d'une cause tout ce qu'elle contient à la fois de spécieux et de solide, et il la hérisse d'arguments si captieux et si serrés qu'on ne sait plus par où l'aborder ni la prendre.

Lorsqu'il a parcouru la série de ses preuves, il s'arrête un court moment; puis il les entasse les unes sur les autres, et il en fait un monceau sous lequel il accable ses adversaires.

Il captive, il retient, il délasse l'attention de ses auditeurs pendant plusieurs heures de suite; il les promène, sans les égarer, sous le pérystile et à travers les belles colonnades de son discours. Il les éblouit par le spectacle varié de son génie. Il les suspend au charme de sa magnifique parole.

Homme du monde, homme de dissipation et de plaisir, et d'un caractère enjoué, M. Berryer n'est pas naturellement laborieux. Il est doué cependant d'une forte aptitude pour les affaires. Nul, quand il le veut, n'approfondit mieux une question, n'en rassemble les détails avec une investigation plus curieuse, n'en compose un ensemble plus savant et mieux ordonné.

Peut-être, au milieu de sa vaste diction, n'est-il pas quelquefois très-correct ; mais ce défaut, commun à tous les improvisateurs parlementaires, ne nuit pas à l'effet de ses discours. Nous avons déjà dit qu'il ne fallait ni analyser ni lire nos orateurs ; il faut les entendre. Leur renommée serait plus grande, si la presse ne les reproduisait pas. Ils ont un ennemi dans chaque sténographe.

Mais ce que chaque sténographe ne reproduira jamais, c'est la voix de M. Berryer, cette voix dont les cordes vont remuer la fibre des organisations nerveuses. Lorsqu'il les a mises physiquement en rapport avec lui, il leur communique, comme par une sorte d'électricité, les rapides émotions de son âme. Il est musicien par l'organe, peintre par le regard, poète par l'expression.

Il faut le voir couvrir son adversaire, le saisir et s'en emparer; il le tient entre ses serres, et lorsqu'après l'avoir meurtri et déchiré il le rejette du haut de la tribune, vous voyez le ministre confus, humilié, courbé sur son banc de douleur, cacher dans ses deux mains la rougeur de son front et le cynisme de ses apostasies !

M. Berryer n'imite pas les députés de la restauration, sentimentalement niais, qui, pour toute réponse aux arguments de l'opposition, s'écriaient : J'aime mon Roi, ô mon Roi !

M. Berryer n'en reste pas là, et s'il aime aussi son roi, ce que nous croyons, au moins il ne le fait pas trop voir. Il évite, en homme qui sait sa chambre, de marcher sur le terrain brûlant des personnalités royales et il aime mieux aborder de grandes thèses de nationa-

lité, où son talent s'élance, s'élève et se déploie.
Il ne s'évertue pas à justifier, article par article,
les bévues de la restauration. Il les avoue, et,
dans la brillante accumulation de ses souvenirs
historiques, il fait voir que les précédents gouvernements, pour avoir manqué aux devoirs
éternels de la justice, ont tous échoué sur
les écueils et disparu dans la tempête. Cette
manière est pleine de grandeur, car elle permet à M. Berryer de planer, avec toute l'étendue de ses ailes d'aigle, dans la haute région
des principes. Elle est pleine aussi d'habileté,
car, sans paraître s'occuper des ministres, elle
laisse les auditeurs eux-mêmes leur faire l'application immédiate et particulière des objec-
tions générales de l'orateur.

M. Berryer ne demande pas grâce pour le
dogme de la légitimité. Il ne défend point ce
qui n'est pas, ce qui ne peut pas être mis en
question dans la chambre. Mais il change le
point d'attaque, et c'est sur le terrain même
du principe de juillet qu'il transporte le combat et qu'il se prend corps à corps avec les
ministres. Il les presse, il les pousse, de conséquence en conséquence, jusqu'aux extré-

mités de l'argumentation parlementaire, et la souveraineté du peuple à la main, il les accule dans la violation de la charte et dans le parjure de leurs serments.

Ainsi donc, tous les défenseurs des pouvoirs déchus qui ont pesé sur la France sont obligés, pour faire illusion au monde, d'invoquer le saint nom de la liberté. Ah, ne nous en plaignons pas ! il faut que la vérité soit dans notre cause, puisque nos adversaires eux-mêmes la confessent. Il faut que la force y soit aussi, puisqu'ils viennent y tremper leurs armes, et l'hommage tardif des légitimistes avance autant nos affaires que les trahisons des doctrinaires.

Quel dommage que M. Berryer, qu'un si puissant orateur, ne combatte pas dans nos rangs, à la tête du parti populaire? Comment un pareil esprit ne voit-il pas le vide des doctrines de la légitimité? Comment ne travaille-t-il pas avec nous, dans les voies de la liberté la plus large, à l'émancipation du genre humain? Comment ne comprend-t-il pas que le principe de la souveraineté du peuple est le seul vrai, le seul que la raison

avoue, le seul que l'avenir de toutes les nations glorifiera?

Déjà Napoléon, déjà Châteaubriand, déjà
Lamennais, déjà Béranger, ont proclamé l'ère
future de la république européenne. Malheureusement, les orateurs n'ont pas la vue aussi
longue que ces grands hommes. Ils s'absor-
bent, ils s'épuisent dans les passions et les préjugés d'un moment. Ils se contentent de rendre admirablement sur l'instrument de la
parole le son du jour que leur oreille écoute. Ils
s'amusent à charmer, sur le pont du navire,
l'auditoire qui les entoure et qui bat des
mains. Mais ils n'embrassent pas de leur regard la vaste étendue des mers. Ils n'inter-
rogent pas le souffle des vents ni la marche
des étoiles, et ils ne cherchent pas à décou-
vir au loin les rivages où le vaisseau orageux
qui porte l'humanité doit jeter l'ancre.

ÉTUDE V.

—

M. de Fitz-James.

M. LE DUC DE FITZ-JAMES est le second orateur du parti légitimiste.

Sa stature est haute, et sa physionomie mobile et expressive. Il a le laisser-aller, le sans-gêne, le déboutonné d'un grand seigneur qui parle devant des bourgeois. Il ne fait pas de façons avec eux, il se met à l'aise et cause tout comme s'il était en robe de chambre. Il prend du tabac, il se mouche, il crache, il éternue, va, vient, se promène à la tribune, d'une estrade à l'autre. Il a des expressions familières, qu'il jette avec bonheur, et qui délassent la chambre des superbes ennuis de l'étiquette oratoire. On dirait qu'il veut bien recevoir la législature à son petit-lever.

Son discours est tissu de mots fins, et quelquefois il est hardi et coloré. Il y a plus de travail qu'il n'en veut faire paraître dans ce contraste de tons divers, et je ne le blâme point de cela, car l'écueil de presque tous les discours est la monotonie.

Cet orateur est quelquefois simple jusqu'à la trivialité, et métaphorique jusqu'à l'enflure; c'est qu'il a plus de naturel que d'instruction, et plus d'esprit que de goût.

Il est du bon ton en France, de pouvoir dire : j'ignore un peu de tout, mais je me connais assez bien en affaires étrangères; manie de roi, manie de grand seigneur, manie de bourgeois. Charles X se vantait d'être un peu fort en conversation d'ambassadeurs, et Dieu sait que d'autographes et de paraphes du Napoléon de la paix courent les uns après les autres, dans les ruelles et les antichambres de l'Europe. Il n'est duc ou baron

de haut ou bas lignage, qui ne rougirait que
son fils dérogeât jusqu'au notariat ou à l'a-
vouerie. Mais, cavalier d'ambassade, oh c'est
différent, cavalier d'ambassade! cela est noble, vraiment noble et du meilleur goût.
MM. Thiers, Dupin et Mauguin, tous trois
avocats, n'ambitionnent que le portefeuille
des affaires étrangères, et puis, qui a le portefeuille a la présidence du conseil. La diplomatie va de son pas sur le reste et mène la
France. Avec cela que nous faisons jouer à
cette France un si beau rôle en Europe!

M. le duc de Fitz-James devait naturellement faire son début par la guerre ou par
les affaires étrangères. Parler d'autre chose
c'aurait étébon pour les hommes de la toque
ou de la toge! les relations extérieures lui
revenaient de droit, avec la tirade obligée
sur l'Angleterre. Dans ma jeunesse, s'il m'en
souvient, j'avais aussi de fort grandes co-
lères, en prose et en vers, contre la perfide
Albion; je ne la crois guère, il est vrai, moins
perfide aujourd'hui qu'alors. Mais la Sainte-
Alliance ne le serait-elle peut-être pas encore
davantage? L'une menace notre commerce,

et l'autre nôtre liberté ; je crois et je dis qu'il faut les favoriser tous les deux, défendre partout, sur tout, et contre tous l'intérêt français, et nous garder des réclamations systématiques.

Les légitimistes ont contre l'Angleterre deux griefs immortels ; l'usurpation de Guillaume et le protestantisme. M. de Fitz-James n'a-t-il été à la tribune que l'écho de leur presse ? a-t-il obéi à de vieux ressentiments de famille, ou à un instinct de parti ? Est-ce d'ailleurs l'Angleterre seule qui nous traîne à sa remorque ? Quelle est la puissance que nous osons regarder en face et de qui nous n'avons pas peur ? Sommes-nous des mieux avec le grand schah de Perse ? Ce n'est pas sûr, et il pourrait bien nous attaquer. La frayeur s'en répand déjà depuis Saint-Cloud jusqu'à Paris, et ne croyez-vous pas qu'il faudrait assembler le conseil pour en délibérer ?

M. le duc de Fitz-James a, comme les gentilshommes à grand ramage, les préjugés de sa naissance, de son éducation, de sa famille, de ses précédents, indépendamment du pré-

jugé de ses affections. Il aime cependant la
liberté, il la comprend autant que peut l'aimer et la comprendre un duc et pair.

Bouillant, chevaleresque, il a dû être, dans
son temps, brave et décidé. Né parmi la
plèbe, il aurait eu dans le discours une force
d'éloquence verte et rude, et dans l'action
de l'audace révolutionnaire. C'était une nature forte et heureusement organisée, à laquelle il n'a manqué, autrefois que l'occasion, et aujourd'hui que la jeunesse.

M. de Fitz-James a refusé, malgré les séductions de Napoléon, les honneurs de l'empire, pour garder aux Bourbons sa vieille
fidelité, ce qui paraissait annoncer une grande
constance de principes. Cependant, il a prêté
ensuite serment de pair au roi des Français
avec assez d'inconséquence; car, dans les
idées légitimistes, Louis-Philippe, cousin
des Bourbons, est sans contredit beaucoup
plus usurpateur que Napoléon, qui ne leur
était rien. On ne s'explique donc pas trop
pourquoi M. de Fitz-James a voulu rester
pair en 1830, ni pourquoi il a cessé de l'ê-
tre.

En effet, il avait franchi le pas le plus difficile qui séparât le faubourg Saint-Germain
des Tuileries, en prêtant serment. Que l'abolition de l'hérédité chagrinât les gens portant nom Robin, Robinot, Robinet, à la
bonne heure; mais quand on s'appelle Choi-
seul, Montmorency, Larochefoucault, Cril-
lon, La Trimouille, Rohan, Richelieu, d'Harcourt, Dreux-Brézé, Fitz-James, qu'a-t-on
besoin, je vous prie, de l'hérédité? Chacun
d'eux se dit: il est au pouvoir d'une révolution que je cesse d'être héréditaire; il n'est
au pouvoir de personne, peuple ou roi, que
je cesse d'être historique.

Après tout, que ce soit repentir, boutade
ou prévoyance, toujours est-il que M. de Fitz-
James a fait faire un pas de plus à la démocratie. Le descendant des rois d'Angleterre,
le gentilhomme des petits appartements, le
cordon bleu, le pair de France, a foulé aux
pieds sa couronne ducale et ses écussons; il
a frappé aux portes de la chambre des députés; il a demandé humblement à entrer
dans le premier corps de l'état, dans ce corps
qui mutile les pairs, qui accuse les minis-

tres, qui défait les rois et qui règne par l'impôt.

L'entrée de ce duc et pair à la chambre des députés est l'hommage le plus éclatant rendu à la souveraineté du peuple, le témoignage le plus sincère de la puissance de l'élection, la reconnaissance la plus incontestable de la noblesse de la démocratie, l'acte le plus franchement révolutionnaire des hommes féodaux du faubourg Saint-Germain.

On a vu des tyrans de Syracuse apprendre, dans Corinthe, à lire aux petits enfants; on a vu des princes du sang français se faire maîtres d'arithmétique; on a vu des grands seigneurs émigrés devenir professeurs de danse et d'escrime, entrepreneurs de théâtre, peintres d'enseignes, fraters de village, cochers, et même cuisiniers; mais c'est qu'ils ne pouvaient faire autrement.

M. le duc de Fitz-James, au contraire, a très-volontairement jeté son manteau de pair à son valet de chambre, avec les autres vieilleries de sa garde-robe, et voilà que ce manteau fleurdelysé court peut-être les rues maintenant sur le bras d'un marchand d'ha-

bits! Cette brave action de M. Fitz-James
vaut bien, que je crois, les discours les plus
ronflants du radicalisme. Agir est mieux que
parler.

ÉTUDE VI.

—

M. de Martignac.

La tribune a perdu ce brillant orateur, qui appartient par les derniers restes de sa vie à la révolution de juillet.

M. de Martignac a été ministre, député, homme de lettres.

Comme ministre, il a rendu à la liberté des services dont elle est reconnaissante, et il a préparé, plus qu'on ne le pense, à son insu et sans le vouloir, la rapide et merveilleuse révolution de juillet.

M. de Corbière, en quittant le ministère, avait laissé la liberté de la presse dans la servitude, et les élections dans la corruption. M. de Martignac, en opposant aux inscriptions d'office le contrôle des tiers, ranima l'énergie des citoyens et purgea les fraudes préfectorales. En abolissant la censure facultative, il restitua à la liberté de la presse la plénitude de son action, et il mit M. de Polignac dans l'impuissance de l'enchaîner. En effet, les élections épurées amenèrent à la chambre une majorité de députés patriotes. La majorité maintint législativement la liberté de la presse, et la liberté de la presse renversa la tyrannie de M. de Polignac. Ces trois conséquences s'enchaînent l'une à l'autre, et nous avons donc raison de dire que, sous ce rapport, M. de Martignac a rendu un immense service à son pays.

Comparez maintenant le ministre Martignac au ministre Périer. Le premier part du despotisme et arrive, quoiqu'à pas lents, à la liberté. Le second part de la liberté, et marche rapidement vers le despotisme. L'un, spirituel, insinuant, affectueux dans ses ma-

nières, poli dans son langage, conciliant
dans ses transactions. L'autre, dur, hautain,
atrabilaire, méprisant, impérieux. Ce n'est
point M. de Martignac qui, dans les élections, aurait salarié de vils pamphlétaires
pour insulter la probité et le patriotisme des
candidats de l'Opposition. Ce n'est pas lui
qui aurait dissous les gardes nationales, pour
les punir de leur indépendance et de leur
modération. Ce n'est pas lui qui, par la violence de ses mesures exceptionnelles, aurait
placé des communes hors la loi. Ce n'est pas
lui qui, par des dénégations mensongères,
aurait outragé des municipalités libres. Ce
n'est pas lui qui aurait destitué brutalement
des députés fonctionnaires. Ce n'est pas lui
qui, sur son banc, roulait, comme un éner-
gumène, des yeux enflammés, montrait le
poing à ses anciens amis, et traitait ses collègues et ses gens parlementaires comme ses
vassaux. Ce n'est pas lui enfin qui jetait l'indépendance des peuples sous le cimeterre
de la sainte alliance, et qui amassait, dans
tous les cœurs, des trésors de haine et de
vengeance contre les crimes de son apostasie.

Comparés l'un à l'autre, le ministère de
M. de Martignac a été un ministère de progrès, et le ministère des doctrinaires a été
un ministère rétrograde. L'un a ravivé l'o-
pinion, l'autre l'a éteint; l'un a affranchi le
jury et la presse, l'autre les a chargés de
chaînes; l'un a adouci les pénalités corpo-
relles et fiscales de la législation, l'autre a
inventé les tortures de Salasie et la confiscation par l'amende; l'un a purifié les élections, l'autre les a corrompues; l'un a chassé
les serviles de la chambre, l'autre les a rap-
pelés; l'un ouvrait tous les cœurs à l'espérance, l'autre, par ses discours, ses actes et
ses lois, a jeté la douleur et l'indignation
dans l'âme de tous les bons citoyens. L'un
consolait de la restauration et l'autre nous a
désolés de juillet.

Comme orateur, M. de Martignac aura une
place à part dans la galerie des hommes
parlementaires. Il captivait plutôt qu'il ne
maîtrisait l'attention. Avec quel art il mé-
nageait la susceptibilité vaniteuse de nos
chambres françaises! avec quelle ingénieuse
flexibilité il pénétrait dans tous les détours

d'une question! quelle fluidité de diction! quel charme! quelle convenance! quel à-propos! L'exposition des faits avait dans sa bouche une netteté admirable, et il analysait les moyens de ses adversaires avec une fidélité et un bonheur d'expression qui faisait naître sur leurs lèvres le sourire de l'amour-propre satisfait. Pendant que son regard animé parcourait l'assemblée, il modulait sur tous les tons sa voix de sirène, et son éloquence avait la douceur et l'harmonie d'une lyre. Si, à tant de séductions, si à la puissance gracieuse de sa parole, il eût joint les formes vives de l'apostrophe et la précision vigoureuse des déductions logiques, c'eût été le premier de nos orateurs, c'eût été la perfection même.

Comme littérateur, M. de Martignac avait cette élégance naturelle et cet atticisme qui manquent à presque tous nos orateurs de la tribune et du barreau; mais il n'avait pas cette richesse d'imagination, ces beaux effets de style, cette savante composition d'artiste, ces pensées fortes ou sublimes et ces délicatesses de goût qui constituent la différente manière de nos grands écrivains.

Comme personne privée, la défense spontanée, généreuse, désintéressée, de M. de Polignac, son antagoniste et son successeur, honore beaucoup le caractère inoffensif et noble de M. de Martignac. Les méditations de son plaidoyer et les émotions si dramatiques de ce procès achevèrent de ruiner sa santé chancelante.

C'était un homme d'une facilité de mœurs agréable et charmante, étincelant d'esprit, ardent pour les plaisirs, laborieux selon l'occasion, et d'une intelligence supérieure dans les affaires.

Tel a été, sans haine comme sans flatterie, M. de Martignac.

ÉTUDE VII.

—

M. Casimir Périer.

CASIMIR PÉRIER a été si mêlé à la politique de nos derniers temps, que sa physionomie parlementaire tombe naturellement
sous nos pinceaux.

La Cour, encore mal affermie au dedans
et au dehors, marchait, en tâtonnant, dans
les voies de la naissante royauté. Débarras-
sée enfin de Lafayette et de Laffitte qu'elle
avait tant aimés, tant pressés de fois sur son
cœur, elle se retrouvait entre les ambitieux de la doctrine et les effarés de la bour-

6

geoisie : elle jeta les yeux sur Casimir Périer.

Son immense fortune lui donnait cette
sorte d'apparente indépendance qui permet
à un ministre de mettre, à tout moment,
le marché à la main, qui élève un homme
au-dessus des soupçons de la corruption, et
qui en impose toujours au vulgaire. Il atti-
rait les légitimistes par la prédilection se-
crète de Charles X pour sa personne, et il ne
pouvait être suspect à Louis-Philippe,
n'ayant jamais servi d'autre maître. Sa dialectique passionnée le rendait merveilleuse-
ment propre à lutter contre l'opposition,
d'homme à homme, de colère à colère. C'é-
tait un personnage d'action et de riposte vive,
doué de plus de résolution parlementaire que
de courage personnel, toujours prêt à monter à l'assaut de la tribune et y montant. Il
n'était pas jusqu'à sa haute stature, à son im-
pérative et brusque démarche, et à ses yeux
cachés sous d'épais sourcils et toujours pleins
d'une rouge et ardente flamme, qui ne com-
plétassent l'ensemble de sa supériorité cir-
constancielle. Il semblait être fait pour le

commandement, et il n'y avait personne, pas même le vainqueur de Toulouse, qui songeât à le lui disputer. La Cour, les bourgeois effrayés de l'émeute, les pairs rêveurs de la légitimité, les loups-cerviers de la bourse et la majorité moutonnière de la chambre, s'étaient jetés aux pieds de Casimir Périer pour le prier, le supplier de prendre le gouvernail de l'état, de les conduire et de les sauver.

Cet homme bilieux avait, sur ses derniers jours, une énergie orageuse qui le minait et l'emportait rapidement vers le tombeau. Il remuait, il exaltait, par une sorte de sympathie convulsive, toutes les mauvaises passions qui sommeillent toujours dans le coin des cœurs les plus tranquilles. A sa voix, les deux partis de la chambre étaient prêts à se ruer l'un sur l'autre, et l'on eût pris les députés pour une loge de fous furieux et déchaînés, plutôt que pour une assemblée de graves législateurs.

Ses yeux roulaient un feu mêlé de sang. Ses paroles brûlaient comme la fièvre, et il avait le transport au cerveau. Il rudoyait, éperonnait, tyrannisait la majorité tout au tant que la minorité, et il stupéfiait les autres ministres. On ne distinguait pas alors de tiers-parti, de ministériels purs et de doctrinaires. M. Casimir Périer ne laissait pas, aux fractions de la majorité, le temps de se reconnaître et de se compter. Il les rassemblait, il les comprimait fortement sous ses doigts crispés, et il envoyait pêle-mêle au combat, Dupin, Thiers, Guizot, Barthe, Jaubert, Jacqueminot et Kératry. La majorité ne lui obéissait pas par conviction, entêtement ou système. Elle cédait machinalement à la volonté, à l'ire de ce maniaque. Elle imitait sa pose, ses gestes, sa voix, sa colère; elle ressautait, elle trépignait, elle se tordait, elle hurlait comme lui. Mais lorsqu'après plusieurs accès de frénésie parlementaire, Casimir Périer eut atteint le paroxisme de la fureur, sa tête s'embarrassa; il tomba épuisé, rompu, mourant, comme font les fous après une crise violente. Depuis sa mort, ses emportements inintelligibles et raides passèrent pour de la fermeté, et deux ou trois mots, toujours les mêmes, qu'on lui soufflait, qu'on lui becquetait et qu'il répétait sans les com-

prendre, passèrent pour du génie. Dur, iras-
cible, impérieux, avide de gain, entêté d'a-
ristocratie, sans goût, sans études, sans instruction, sans entrailles pour le pauvre, sans
philosophie, sans conceptions administra-
tives, sans hautes idées de gouvernement,
Casimir Périer n'était point un homme d'É-
tat; il était né avec les qualités d'un tribun,
et il aurait dû rester tribun.

Les amis de la liberté qui ne sont point ingrats feront toujours deux parts de sa vie:
l'une glorieuse, sa vie de tribun; l'autre fatale
à la France autant qu'à lui-même, sa vie de
ministre. La révolution de juillet lui doit trop
dans son passé pour ne pas le louer, et il lui
a fait trop de mal ensuite pour qu'elle ne le
haïsse pas.

Ce personnage a été le représentant le plus
fougueux et peut-être le plus sincère du vieux
libéralisme. Il ne l'avait pas sur les lèvres,
comme les fourbes qui lui ont succédé, il l'a-
vait dans le cœur. Mais, soit aveuglement,
soit empire de l'habitude, il ne voyait pas
qu'il y a, entre le principe de la légitimité

et le principe de la souveraineté du peuple, toute la profondeur d'un abîme.

Il n'y a pas, sur les bancs actuels de l'opposition, un orateur de la trempe de Casimir Périer. Il n'y en a pas un seul dont la pénétration soit plus sagace, dont l'éloquence soit aussi simple, aussi prompte. Casimir Périer s'était fortifié aux luttes vives et pressantes de la Restauration. A peine de ses yeux perçants voyait-il M. de Villèle poser le doigt sur la détente, que son coup à lui partait et allait frapper l'homme du pouvoir. Il se précipitait, tête baissée, dans la mêlée; il marchait droit au ministre, et il l'assiégeait sur son banc de douleur; il lui serrait les reins, il le fatiguait de questions, il l'accablait d'apostrophes, sans lui laisser le temps de se remettre et de souffler; il le tenait obstinément sur la sellette, et il l'interrogeait avec autorité, comme s'il eût été son juge. Nous sommes un peuple querelleur, plus hardi dans l'attaque que patient pour la défense: la méthode aggressive nous plaît. Peut-être échouerait-elle avec un autre, elle qui a si bien réussi à Casimir Périer : elle allait à sa nature.

Lui mort, la Cour, à qui ce colosse pesait, respira, et elle eut le bonheur, si c'en est un, de rencontrer dans les ministres des commis assez rampants pour expédier, et dans la chambre un parlement assez servile pour enregistrer ses édits.

Alors, la majorité se scinda. Les apostats de juillet, les légitimistes honteux, les sabreurs, les valets de cour, les doctrinaires de pur sang, les fonctionnaires ambitieux et les loups-cerviers firent bande à part et formèrent le gros de l'armée.

Mais quelques combattants se mirent à déserter, ne voulant point, par pudeur ou par prévoyance, s'enrégimenter sous la férule des doctrinaires. Ils voyaient poindre dans l'avenir un ministère naissant, et, vingt fois, ils ont été sur le point de saisir l'ombre après laquelle ils couraient. Cette fraction de dissidents s'appela le tiers parti. Que fait-il ce parti? que veut-il? a-t-il des chefs et qu'on les nomme? a-t-il des soldats et où sont-ils? On dit qu'assis sur les confins du ministère et de l'opposition, ils s'inclinent tantôt d'un côté, tantôt de l'autre. Mais ils se cachent si bien qu'on userait ses yeux à les chercher, et ils passent si vite d'un principe à l'autre, qu'on userait son intelligence à les définir. Il n'y a que leur main droite qui sache exactement de quelle couleur est la boule que tient leur main gauche, et le secret de leur vote se perd dans l'urne. Ils ne se trahissent point, parce qu'ils ne se connaissent point; ils ne se comptent point, parce qu'ils ne savent pas combien ils sont; ils convoitent le pouvoir, et ils n'osent ni le prendre ni le retenir; ils sont ministres trois jours, et puis après ils ne sont plus rien, ni ministériels, ni opposants; ils ne sont ni vivants, ni mourants, ni morts; ils n'ont pas la force d'amener à terme une résolution, un vote, un principe, et leur fécondité n'est qu'une succession de fausses couches. Singulières gens qui sont très-probablement composés, ainsi que nous, de chair et d'os, qui boivent, mangent, parlent et votent comme le reste des mortels, et avec lesquels on vit, on siège, on discute, on légifère une bonne moitié de la journée, pendant des années entières, sans qu'on puisse dire bien précisément quel est leur nom et s'ils en ont un, ni quelle est leur opinion et s'ils en ont une.

ÉTUDE VIII.

—

M. Dupin.

Le caméléon qui change de couleur à mesure qu'on le regarde, l'oiseau qui fait mille crochets et qui s'échappe dans l'air, les cornes de la lune qui se dérobent sous l'œil, au bout du télescope, la nacelle qui, dans une mer agitée, monte, descend et reparaît sur le sommet des vagues, une ombre qui passe, une mouche qui vole, un son qui fuit, toutes ces comparaisons ne donnent qu'une imparfaite idée de la rapidité des sensations et de la mobilité d'esprit de M. Dupin.

Comment parviendrai-je à esquisser sa dis-

Imp. d'Aubert, pl. 13

DUPIN.

parate et changeante physionomie, et par où la saisir et la prendre?

Je vous dis, M. Dupin, que si vous vous remuez toujours sur votre chaise, que si vous tournez à tout moment la tête, et que si vous ne posez pas mieux que cela, je vais briser ma palette et jetter là mes pinceaux. Vous voulez que je vous fasse ressemblant, n'est-ce pas? Eh bien, laissez-moi, de grâce, vous examiner pendant quelques minutes seulement. N'allez pas me gronder non plus si les proportions de votre visage ne sont pas toujours d'accord et si quelques-uns de vos traits grimacent. Je suis peintre, et pour imiter la nature je dois faire le tableau conforme au modèle.

Il y a dans M. Dupin deux, trois, quatre hommes, une infinité d'hommes différents. Il y a l'homme de Saint-Acheul et l'homme gallican, l'homme des Tuileries et l'homme des boutiques, l'homme de courage et l'homme de peur, l'homme de prodigalité et l'homme d'économie, l'homme de l'exorde et l'homme de la péroraison, l'homme qui veut et l'homme qui ne veut pas, l'homme du passé et l'homme du présent, jamais l'homme de l'avenir.

M. Dupin est auteur, avocat, magistrat, président, orateur et diseur de bons mots :

M. Dupin a écrit beaucoup, même en latin, en méchant latin sans doute, mais enfin c'est toujours du latin, qu'il a appris tard, presque sans maître et avec une force d'intelligence rare. Il a formulé une multitude de traités élémentaires sur le droit, tant bons que mauvais, qu'on pourrait enfiler les uns au bout des autres comme des chapelets, et qui composent tout son bagage d'auteur. Ces petits traités ne sont guère que des compilations de science commune, brefs, concis, judicieux, mais sans originalité.

M. Dupin n'est pas doué de cette faculté d'investigation patiente et appliquée qui creuse une matière et qui arrive profondément jusqu'aux sources des principes. Il voit de près, juste et vite ; il ne voit pas de loin et longtemps. Il a la philosophie de l'expérience, il n'a pas la philosophie de l'invention. Il ne sait pas créer, il arrange. Il broche un manuel, il ne composerait pas un livre.

Avocat, il plaidait d'une manière vive, acérée, heurtée, saccadée, avec habileté mais sans méthode, avec force mais sans grâce. Il portait le respect jusqu'à la superstition, pour la toge et les perruques de l'ancien parlement. Il se montrait aussi très-entêté sur ce qu'il appelait les prérogatives de son ordre, et vous l'eussiez vu prêt à se dévouer, à mourir s'il l'eût fallu, pour la défense de sa toque et de son rabat, ce qui est assurément fort héroïque. Il compulsait Justinien pour y trouver des apophtegmes; l'histoire, pour y ramasser des citations, et les vieux auteurs pour en extraire des rébus, et il mêlait le tout avec des hilarités de son crû, ce qui en faisait un assaisonnement piquant et singulier. Brusque, impétueux, inégal, allant par bonds, enfileur d'anecdotes, prodigue de saillies, il amusait l'auditoire, le barreau, les juges et les clients.

Procureur-général de la cour la plus grave de France, M. Dupin n'a gardé de son talent d'avocat que le côté sérieux et solide. Il ne possède pas la vaste érudition de M. Merlin, ni les trésors de sa jurisprudence, ni son argumentation déliée et un peu subtile. Mais il a une raison droite, un jugement sûr, et ses réquisitoires sont des modèles de clarté, de précision et de logique. Il est plutôt légiste que législateur, plutôt amoureux des textes que de l'esprit. S'il y a deux interprétations, l'une philosophique, l'autre vulgaire, c'est la vulgaire que, par instinct, il choisira. Il a beaucoup de sens et peu de génie. Mou, inconsistant, et presque lâche dans les causes politiques ; mais dans les causes civiles, ferme, progressif, impartial et digne.

Président de la chambre, M. Dupin a de grandes qualités et quelques défauts. Il sait les précédents de la jurisprudence, il applique avec sagacité le réglement et il maintient les prérogatives parlementaires contre les empiétements des ministres. Debout, ses yeux font la ronde sur tous les points de la salle. Il régente, comme un pédagogue, les députés bruyants et indociles, et il leur donne, de temps en temps, sur les doigts, de bons coups de martinet.

Personne ne débrouille mieux que lui les fils des pelotons législatifs. Si, par hasard, une question tombe entre les mains d'orateurs confus et embarrassés qui la hérissent d'amendements, de sous-amendements, de distinctions et de sous-distinctions, et qui, ne pouvant plus la comprendre, la laissent là, M. Dupin la ramasse, la nettoie et la dévide. Il lui restitue son sens, son économie, ses divisions, son principe et ses conséquences. Il résume admirablement les débats, et il expose avec tant de netteté l'ordre logique de la délibération, que les moins clairvoyants s'y reconnaissent et disent : C'est cela !

Si quelque député malencontreux s'approche trop près de lui, il se roule comme un hérisson, et les ministres eux-mêmes n'osent pas se frotter à ses piquants. Si quelqu'orateur novice débute au milieu des causeries, et se retourne pour réclamer le silence, M. Dupin lui jette, pour toute réponse, un sarcasme désolant qui étourdit le pauvre homme et vous le tue. Non pas que M. Dupin soit méchant, mais il oublie quelquefois qu'il préside, et quand un bon mot le démange, il faut qu'il se gratte.

Il y a encore deux hommes à peindre dans M. Dupin : le politique et l'orateur.

M. Dupin est la personnification la plus expressive et la plus vraie du bourgeois, non pas du bourgeois élégant et poli de la Chaussée d'Antin qui singe le gentilhomme, non pas du petit bourgeois qui porte les galons de laine et qui en vend, mais du bourgeois rentier, du bourgeois fonctionnaire, du bourgeois propriétaire, du bourgeois avocat, du bourgeois notaire, du bourgeois négociant, du gros bourgeois qui n'a pas de goût pour les grands seigneurs et qui fait fi du prolétaire. *Vivre chacun pour soi* et *chacun chez soi,* voilà ses deux maximes favorites de philantropie intérieure et de politique étrangère. Advienne ensuite le peuple que pourra !

Il a l'instinct roturier, il n'a pas l'instinct révolutionnaire. Il a été légitimiste, impérialiste peut-être ; il est aujourd'hui philippiste et demain il serait républicain, sans qu'il en fût trop marri. Mais, au demeurant, les bourgeois qu'il représente, n'ont-ils pas été et ne seraient-ils pas encore tout cela ?

M. Dupin en est encore à se dire gallican, et il se préoccupait beaucoup plus, en rédigeant la charte, de savoir s'il faisait pièce aux ultramontains, que de savoir si le principe même du gouvernement n'était pas changé du tout au tout. La révolution de juillet étant tombée dans les mains d'hommes de cette portée, comment vouliez-vous qu'elle tournât autrement? M. Dupin s'est imaginé que le peuple s'était battu, à la plus grande ardeur du soleil, pendant trois jours, uniquement pour camper son maître à lui Dupin sur le trône, et lui Dupin sur les fleurs de lys de la cour de cassation. Vraiment, le peuple avait mieux à faire!

M. Dupin a trois antipathies, les loups cerviers, les aristocrates, et les traîneurs de sabre. Il craint toujours que les éperons de ces derniers ne déchirent le bas de sa toge, et il bride à la chambre le parti militaire.

Il a du courage et il n'a pas de courage. Il a eu du courage lorsque des bandes de forcenés assiégeaient son hôtel, et hurlaient contre lui des chants d'assassinat. Il n'a pas eu de courage lorsqu'il a refusé de porter la parole

7

à la cour de cassation et à la chambre, contre les infamies de l'abominable état de siége.

Il n'est ni ambitieux, ni désintéressé; ni sans simplicité, ni sans ostentation. Il poursuit ardemment la fortune si elle lui résiste, et si elle s'offre à lui, il la rate.

Il a de l'esprit autant et plus qu'on puisse en avoir, et il en fait peu de cas. Mais si vous voulez lui plaire, dites-lui qu'il a beaucoup de constance dans ses opinions, et il vous croira.

On l'appréhende à la cour plus qu'on ne l'y aime; on l'y tolère plus qu'on ne l'y attire; car il est brusque dans ses manières et âpre dans son langage. C'est une espèce de paysan du Danube, qui a chaussé les talons rouges. Mais regardez derrière la porte du salon de Diane et vous verrez les souliers ferrés qu'il y a laissés en entrant.

Il est gauche à la cour et mal appris; il y offense, par ses lazzis, de princières susceptibilités. Les excursions de sa faconde importunent; mais on ne l'empêche pas de courir à travers plaine, parce qu'on sait qu'il revient au gîte et se laisse prendre facilement par les deux oreilles.

Il ne faut pas s'y tromper: les courtisans de cette espèce ne sont pas les moins maniables. Le dessus de l'écorce est rude au toucher, mais le dessous est lisse.

M. Dupin a pour le Roi toute la tendresse d'un homme d'affaires, et il est probable que, dans l'intimité de leurs augustes confidences, Louis-Philippe l'entretient plus volontiers de la rédaction de quelque bail que des ministres, et de sa domesticité que de la politique du grand Turc.

Vingt fois M. Dupin a été sur le point de saisir le portefeuille. On le lui a même fourré dans la main, et il l'a ouverte et l'a laissé tomber. Il a les caprices et l'humeur d'un enfant; il veut et il ne veut pas; il rit et il pleure; il saute à votre cou d'un air gai et confiant, et puis il va dans un coin pour y bouder. Il fait la moue, et si vous approchez de lui, il vous égratigne.

Il est hardi, résolu, beau parleur dans les coulisses; mais sitôt qu'il monte sur le théâtre, il trébuche, oublie son rôle, balbutie, rabat sa perruque sur ses yeux et fait le muet.

M. Dupin est le général du tiers-parti. Retiré dans sa tente et les bougies soufflées, il nombre et dénombre ses invisibles troupes et il combine savamment le plan de la bataille. Il harangue son état-major à la manière des empereurs romains, donne à l'oreille le mot d'ordre, recommande à chacun de ne pas quitter son poste et d'y mourir s'il le faut, affile sa parole et s'équipe de pied en cap. Puis, posté sur la hauteur, il braque sa lorgnette sur toute l'armée, et quand les feux sont nourris, que le gros du tiers-parti est engagé et que les soldats se demandent : Mais où est donc notre général ? Il disparaît. Il y en a même qui disent qu'il passe quelquefois du côté de l'ennemi et qu'il fait feu sur ses propres troupes. Voyez-vous les méchantes langues !

M. Dupin, il faut qu'il en convienne, se trouve dans la plus fausse des positions. L'irritabilité de son caractère et la vigueur de son talent le porteraient à faire aux doctrinaires une guerre ouverte, ardente, impétueuse, et

il faut qu'il exhale sa colère en sarcasmes de
couloirs, qu'il se condamne à un mutisme
dont ses lèvres frémissent, qu'il s'enveloppe
dans sa dignité de président. Hélas ! il subit
la peine de son passé.

S'il voulait secouer la honte de ce passé
sur la tête des doctrinaires, ceux-ci, qui jusqu'ici l'ont ménagé, lui répondraient : « De
« quoi vous plaignez-vous ? n'avez-vous pas
« trempé comme nous, il y a sept ans, dans
« l'usurpation de la souveraineté du peuple ?
« N'avez-vous pas, comme nous, en fidèle
« et obéissant serviteur et sujet, voté à votre
« maître l'énormité de sa liste civile ? N'a-
« vez-vous pas délivré annuellement, comme
« nous, au gouvernement de votre choix, le
« don gracieux de plus d'un milliard ? N'avez-
« vous pas, comme nous, refoulé au fond
« des cœurs les sympathies excentriques de
« juillet, en faisant entendre ces nobles et
« généreuses paroles, *chacun chez soi, cha-*
« *cun pour soi ?* N'avez-vous pas, dans vo-
« tre ministérielle indignation, lacéré le
« compte rendu, et déclamé comme nous,
« d'une grosse voix, contre vos amis actuels de

« l'opposition? N'avez-vous pas, comme nous,
« trouvé admirable cet infâme état de siége
« et toutes ces lois perverses et sauvages qui
« ont corrompu le peuple, violé la charte et
« opprimé la liberté ? Si nous sommes cou-
« pables, vous êtes notre complice; mais si
« nous sommes innocents et glorieux, pour-
« quoi ne vous jetez-vous point dans nos
« bras, et que ne venez-vous partager avec
« nous les bénédictions d'un peuple recon-
« naissant et la joie de notre triomphe ? »

Certes, M. Dupin n'aurait rien de solide
à répondre à cette foudroyante allocution des
doctrinaires. Aussi que fait-il ? il ne répond
pas.

M. Dupin est de ces hommes qu'on ne peut
pas avoir pour ami, et qu'on ne doit pas
avoir pour ennemi. Il est un embarras à peu
près égal pour le ministère avec lequel il n'est
pas et pour le ministère avec lequel il serait.
Il n'est point assez souple, assez conciliant,
assez insinuant pour dénouer les mille diffi-
cultés de mille affaires; il a l'esprit façonné
en serpe qui scie plus qu'elle ne coupe. S'il
était ministre, il déferait le lendemain le plan

de la veille, et, dans ses moments de belle humeur, il passerait tous ses collègues au fil de ses bons mots.

Il n'a dépendu que de M. Dupin d'être l'homme le plus populaire de France, et il l'eut été à un point où, nous avons beau faire, nous n'arriverons jamais, tous tant que nous sommes. C'était une belle position à prendre, la plus belle! Mais M. Dupin a mieux aimé être l'homme de la grosse bourgeoisie. Tout ce que je puis dire, c'est que j'en suis fâché pour nous et pour lui.

M. Dupin figurerait mal dans les petits soupers de la Cour, avec l'épée au côté et l'aiguillette d'or nouée sur l'épaule gauche, et il conviendra des premiers qu'il avait bien mauvaise grâce à chevaucher, en Don Quichotte, tout bardé de l'armure féodale, sur le dada de l'apanage. Il aurait dû laisser ces héroïques coups de lance aux chevaliers de la triste figure.

La flatterie qui gâte les présidents et les rois a aussi gâté M. Dupin, et j'ai eu grand pitié de lui, lorsqu'il s'en est venu nous dire, dans un accès de vanité comique : « Messieurs,

« vous en croirez ce que vous voudrez, mais
« apprenez que je suis Démosthènes à la tri-
« bune, Cicéron au barreau et Caton-l'Ancien
« dans les champs. » Non, M. Dupin, nous
ne vous en croirons pas : Car ces trois fiers
républicains, que vous dites représenter à vous
seul, ne se seraient pas abaissés à porter la
livrée de Louis-Philippe, et à baiser le bas de
jupes de nos demoiselles royales. Il n'y a rien
de commun, il faut bien que M. Dupin le
sache, entre un pauvre petit Welche comme
lui, et ces glorieux grecs et ces glorieux romains. Démosthènes, après avoir dévoué aux
dieux infernaux Philippe de Macédoine, mou-
rut en embrassant les autels de la liberté, et
M. Dupin, que nous sachions, n'a guère envie
de lancer de pareilles imprécations à Philip-
pe-d'Orléans, ni de mourir de la même manière que Démosthènes. Cicéron combattit
dans le sénat romain, cette assemblée de
rois, le fourbe et doucereux Octave, qui donnait des poignées de main à tout le monde et
qui méditait déjà le renversement de la république, et M. Dupin préside bourgeoise-
ment une chambre de loups-cerviers, de

jugeurs, de procureurs, de camarillaires et de fournisseurs de bois, de houilles, de lainages, de cuir et de bonnets de coton, qui n'ont pas la moindre ressemblance avec une assemblée de rois. Enfin, Caton-l'Ancien vivait de brouet noir dans la frugalité des champs, et ne tirait guère de mandats à vue sur le trésor de Rome, tandis que M. Dupin s'enlumine de roses et de vin, au feu de mille bougies, dans ses fêtes étincelantes, et cumule tout ce qu'il est possible de cumuler d'or et de billets de banque, après m'avoir loué, moi qui vous parle, de mon courage à combattre les abus du cumul, comment trouvez-vous cela ?

M. Dupin n'a eu qu'une ambition vulgaire et facile à contenter. S'il n'a voulu être que président de la chambre, procureur-général à la cour de cassation et grand-croix de la légion-d'honneur, il fallait qu'il fît des discours et non des pamphlets. Mais s'il voulait arriver à la postérité, il fallait qu'il fît des pamphlets et non des discours.

Je ne veux pas dire cependant que M. Dupin, pour n'être pas tout-à-fait aussi fort que Cicéron et que Démosthènes, ne

soit pas un très-remarquable improvisateur;
sans doute, il n'a pas une éloquence aussi savante de méthode, aussi haute de pensée, aussi
pure de forme que M. Berryer, mais elle est
peut-être plus substantielle, plus animée et plus
pittoresque. Vues à la loupe du goût, les saillies de M. Dupin paraissent un peu raboteu-
ses ; mais à distance, elles saisissent par leur
naturel et par leur grossièreté même. Il tire
ses comparaisons des choses communes, des
habitudes de la vie, des usages, des mœurs,
des termes de droit et des façons de parler
proverbiales, et il fait rire ses auditeurs d'un
rire franc et national. Il a l'éloquence du
gros bon sens, et il l'a d'une manière neuve,
rare, pittoresque, admirable.

Vif, bouillant, plein de feu, il électrise une
assemblée. Il ne la laisse pas respirer, et
lorsqu'il entre dans une bonne cause et qu'il
est en veine, il la suit avec une vigueur et
une précision étonnantes. Alors toutes ses
idées s'enchaînent, tous ses mots portent,
toutes ses preuves se déduisent l'une de l'autre. Alors il est nourri, pressant, nerveux,
concis et d'une éclatante lucidité. Alors M. Du-

pin est comparable à tout ce qu'il y a eu de plus rationnel parmi nos logiciens et de plus véhément parmi nos orateurs.

Malheureusement, M. Dupin est souvent inégal et il tombe dans le trivial et le bas. Son imagination le domine. Si quelque bon mot passe devant lui pendant qu'il gesticule à la tribune, il l'attrape à la volée, et le prenant par le milieu du corps, il le lance sur la chambre, au risque de blesser la première tête venue.

Il a plus de virilité dans la parole que dans les principes, plus de puissance d'argumentation que de jugement, et plus d'indépendance de tête que de cœur. Il a été mêlé à tant d'événements politiques et il a plaidé le vrai et le faux de tant et de si diverses causes, qu'on ne saurait trop dire s'il a fait plus de bien que de mal à la liberté, ni aussi plus de bien que de mal à lui-même.

Ne vous étonnez pas s'il commence à parler pour, et s'il finit par conclure contre. Est-ce que vous ne savez pas qu'il s'abandonne au courant de ses inspirations, sans savoir où elles l'entraînent ? Il part, et chemin faisant,

il bat les buissons pour y fureter des arguments. Chasseur hardi, vous le cherchiez des
yeux sur la montagne, et le voilà qui s'amuse
dans un pré, à cueillir des fleurs. Puis il
repart, va, vient, s'égare, se retrouve et
disparaît. Fiez-vous donc à ces politiques
inconsistants, que leurs amis du matin ont le
soir pour adversaires, à ces étranges logiciens qui posent un principe et qui reculent
devant ses conséquences, à ces esprits légers
qui voltigent après une image, et qui tour-
noient sur eux-mêmes comme la feuille légère, au gré du vent qui souffle et qui les
emporte !

ÉTUDE IX.

—

M. Sauzet.

L'ORATEUR ne se montre pas de profil comme l'écrivain, mais de face. Il se drape, il gesticule, il pérore sur un théâtre, devant des spectateurs qui le considèrent comme on considère un mime, de la tête aux pieds. On ne demande compte à l'écrivain que de sa pensée. On demande compte à l'orateur de sa figure.

M. Sauzet a des habitudes de corps un peu molles, un peu négligées. Il n'est point mus-

·culeux ni articulé. Son teint est blanc et coloré légèrement. Son front se déploie, ses yeux bleus et à fleur de tête respirent la douceur. Il y a en lui de l'homme et de la femme.

Lorsqu'il parut dans la chambre, le sourire errait sur ses lèvres. Soit affabilité naturelle, soit combinaison, il voulait plaire à tout le monde et surtout aux ministres. Il caressait du regard, l'une après l'autre, les sombres figures de ce banc de douleur, où il s'impatientait et se dépitait de ne pas encore s'asseoir.

M. Sauzet a ce qu'on appelle de beaux moyens, un organe sonore, une physionomie ouverte, une vaste mémoire, une intelligence prompte, et une élocution qui coule avec limpidité.

Sa voix est ample et elle enveloppe son auditoire. Il y a cependant quelques cordes sourdes dans son éclat, et ses désinences fatiguées tombent avec la période.

M. Sauzet est doux, poli, affable, modéré. Il recherche la bienveillance des autres et il leur communique la sienne; il a dans sa fi-

gure, ses sentiments et son langage, je ne
sais quoi d'honnête et d'engageant qui vous
charme et qui vous attire. Avec plus d'idées,
plus de positif, il a presque les vives fleurs
et le module cadencé d'un autre orateur, demi-
Dieu de la poésie. C'est M. de Lamartine fait
homme.

La mémoire est l'agent principal de son
éloquence; à dix ans il récitait, mot pour
mot, un chapitre de Télémaque qu'il n'avait
lu qu'une seule fois.

Il peut, tout en parlant, supprimer des frag-
ments entiers de discours, et les remplacer
par des morceaux nouveaux, qu'il enchasse
dans le même tissu, aussi proprement que
s'il les rattachait avec des épingles.

Il a l'esprit tourné en pointe, et les calem-
bourgs lui viennent si familièrement dans la
conversation, que, lorsqu'il parle à la tribune,
il faut qu'il les chasse de devant lui, comme
une mouche importune qui bourdonne à votre
oreille.

M. Sauzet est le type de l'orateur provin-
cial. Sa parole ballonnée rend du vent, et elle
se gonfle plus qu'elle ne se remplit. Elle

flatte l'oreille, mais elle ne va pas jusqu'à l'âme.

On dirait que M. Sauzet a été gâté par la fréquentation de la cour d'assises. Il prodigue, à pleines mains, les fleurs brillantes du langage, les vibrations d'harmonie, les épithètes ronflantes, les métaphores de collège, rhétorique usée qui n'a plus guère de titre et de valeur dans le commerce de l'éloquence.

Ce n'est pas que nous blâmions M. Sauzet de recourir à ces moyens vulgaires pour sauver des innocents. Ce spectacle d'une femme en pleurs qui embrasse les autels de la miséricorde et de la justice, ces cris déchirants du remords, ces belles têtes de jeunes hommes qui vont tomber sous le couteau, comme les lys du printemps sous le tranchant de la charrue, l'innocence aux prises avec les terreurs du supplice, les incertitudes ténébreuses de l'accusation, ces lueurs du doute qu'il fait passer devant vous et qui brillent et s'éteignent, ces soupirs entrecoupés, ces lèvres balbutiantes, ces plaintes, ces supplications, ces attendrissantes images d'une jeune famille qui rédemande son père et qui va périr s'il périt, ou d'un vieillard couronné de cheveux blancs, et qui se jette à genoux pour expier le crime involontaire d'un fils égaré : tout cela est pris dans la nature, tout cela a été beau dans son temps, tout cela fait effet sur des jurés, sur des hommes neufs, faciles à émouvoir, étrangers mais sensibles au charme de la parole et aux drames remuants de l'éloquence.

Mais il faut à des députés, à ces hommes rassasiés de délicatesses intellectuelles, à ces estomacs blasés, ne présenter le mets oratoire qu'avec des assaisonnements piquants et nouveaux. Il ne faut pas que les spectateurs voient jouer de trop près les machines de la coulisse, de peur que leur illusion ne tombe. Il ne faut pas que le discours ait trop de pompe et sente le théâtre. Le grand art, pour un orateur parlementaire, est de savoir masquer l'art.

M. Sauzet n'est décidément ni légitimiste, ni tiers-parti, ni dynastique, ni républicain ; il est à la fois un peu de tout cela. Il s'asseoit auprès de M. Berryer, il marcherait volontiers avec M. Dupin, il soutiendrait le ministère d'Odilon-Barrot, et il ne renie pas complètement Garnier-Pagès. C'est une de ces bonnes, heureuses et pliantes natures que le ciel, dans les trésors de sa miséricorde, avait réservé aux expériences dévorantes de notre bien-aimé monarque.

On dit que M. Sauzet n'a pas de principes; mais quel est donc, je vous prie, l'avocat plaidant qui ait des principes? Quand on a, pendant vingt ans de sa vie, travaillé dans le vrai et dans le faux, et qu'on n'a été occupé qu'à recoudre le mieux qu'on pouvait les trous des manteaux de plaideurs par où s'échappent leur fraude et leur malice, il est difficile, il est impossible qu'on ait bien de la fixité dans les principes.

Les gens de loi, gens contre lesquels je ne veux pas me fâcher, de peur qu'ils ne me fassent mon procès, ont toujours de belles phrases sur ce qu'ils appellent leur libre arbitre en matière de plaidoirie.

Or, voulez-vous savoir à quoi se réduit le libre arbitre des avocats plaidants? Pierre fait un procès à Paul; Pierre prend un cabriolet à la course, et il descend chez le fameux avocat qui lui dit : Votre affaire est la meilleure. Paul, qui n'a pris son cabriolet qu'à l'heure, monte, dix minutes après, chez le fameux avocat qui lui dit : Votre affaire valait mieux que celle de Pierre; mais que voulez-vous que je fasse? il m'est arrivé avant vous.

Je ne dis certes pas que l'avocat plaidant soit l'homme du premier venu toujours, mais presque toujours.

Les avocats plaidants ont dans l'une des poches de leur sac les raisons pour, et dans l'autre poche les raisons contre. Ils se trompent quelquefois de poche dans le courant de la plaidoirie, et c'est pour cela que leur conclusion ne s'accorde pas toujours bien avec leur exorde. Ils ne savent trop comment se décider, et ils ne sont jamais bien sûrs d'eux-mêmes. S'ils vous poussent une grosse argumentation, vous les tiendrez en échec avec une toute petite objection. Tout leur fait question, tout leur est obstacle. Jetez, sous leur roue qui marche, un grain de sable, ils se baisseront pour le regarder, au lieu de passer outre.

Chose singulière! Ces hommes qui, toute leur vie, n'ont étudié que le droit, doutent perpétuellement du droit.

La loi a presque toujours pour eux deux sens, deux acceptions, double langage et double visage.

Ils voient moins les causes que les effets, l'esprit que la lettre, le droit que le fait, le principe que l'application, et le plan que les détails.

Un gouvernement qui s'établit, monarchique, aristocratique, républicain, quel qu'il soit, doit chercher à gagner l'armée par des honneurs, le commerce par la sécurité, et le peuple par sa justice; mais ce n'est pas la peine qu'il s'occupe des avocats plaidants. Il est à peu près certain de les avoir pour soi.

Les avocats plaidants ont l'art d'entretenir une révolution par les alongements de la parole; mais ce ne sont jamais eux qui la commencent ni qui la finissent.

Il n'est pas de vérité si nette qu'ils ne brunissent, à force de la polir. Il n'est pas de patience d'oreille qu'ils ne lassent, à force de tourbillonner dans le flux de leur oraison. Il n'est pas de raisonnement, si puissant et si fort qu'il soit, qui ne perde entre leurs mains, à force d'être pétri, son élasticité et sa vigueur.

N'allez pas croire qu'ils entreront tout de suite en matière, parce que vous leur aurez dit : Eh bien, parlez! Il faut d'abord qu'ils plissent leur rabat, qu'ils posent leur toque sur l'oreille, qu'ils retroussent avec grâce les plis flottants de leur robe, qu'ils toussent, qu'ils crachent et qu'ils éternuent. Cela fait, ils préludent comme les musiciens qui accordent leur violon, ou comme les danseuses qui battent des entrechats dans les coulisses, ou comme les sauteurs de corde qui essaient leur balancier. Ils se plient et se contournent dans leurs salutations, et il leur faut un gros quart-d'heure de précautions oratoires, de phrases, de périphrases, de circonlocutions, d'allées et de retours, avant qu'ils se déter-

minent à vous dire enfin : Messieurs, voici
de quoi il s'agit.

Un gouvernement de loups-cerviers serait
un gouvernement sans moralité et sans économie. Un gouvernement de sabreurs serait
un gouvernement sans douceur et sans justice. Un gouvernement d'avocats plaidants
serait un gouvernement sans conviction, sans
idées, sans principes et sans action.

Malheureusement pour lui , M. Sauzet n'a
pas encore dépouillé sa robe du vieil homme,
sa robe d'avocat plaidant. Il épuise, bons ou
mauvais, tous les moyens qu'il a dans son
sac. Il ne sait pas retenir l'intempérance de
son argumentation. Il ne sait pas choisir,
trier ses causes parlementaires. Il les plaide
toutes, excepté cependant celles qui pour-
raient le compromettre un peu trop avec la
majorité, et l'intérêt de son ambition n'a peut-
être été que trop souvent la mesure de sa
parole ou de son silence.

M. Sauzet ne sait pas écrire. Sa manière
est celle du rhéteur, flasque et ampoulée. Sa
logique, qui n'est pas exacte, ne proportionne
point ses conséquences à leur principe.

Lorsque M. Sauzet entourait de ses bras suppliants les statues de la justice, lorsqu'il se frappait la poitrine, et que, d'une voix déchirée, il faisait parler les engagements de son berceau et les recommandations de sa patrie absente, lorsqu'il évoquait l'ombre de ses ancêtres et qu'il étalait devant la chambre les ruines encore fumantes de Lyon, qui eût dit qu'il plaidait pour quelques vitres cassées? Non, c'est une fausse et aride sensibilité que celle qui s'échauffe et se lamente pour des pans de muraille et des attiques écornées par le boulet, et qui reste froide devant l'égorgement des vieillards et des faibles femmes! Il s'agissait bien de toiser un mur lésardé, lorsque le peuple criait la faim et que l'un vous redemandait en pleurant un père, l'autre un mari!

Ces orateurs qui se lancent à la course, rênes déployées, ces éclats d'une voix solennelle, ces tropes accentués qui s'entassent les uns sur les autres, cette abondante diction qui charrie des ombres et de la lumière, tout cela ne laisse pas que de faire de l'effet sur les provinciaux, gens de peu de goût. Les gens d'esprit eux-mêmes, académiciens et courtisans, parfois s'y laissent bien prendre. Lorsque M. Sauzet, après son brillant début, descendait de la tribune, tout haletant et la crinière pendante comme un coursier qui sort de l'hippodrome, ce bon et naïf M. de Laborde disait : « Faites place, messieurs, ouvrez vos rangs, laissez passer le plus grand orateur de la chambre, qui va changer de chemise ! »

M. Sauzet, soit penchant d'esprit, soit imitation, soit calcul, est de l'école de M. de Martignac. Moins tempéré, moins gracieux, moins élégant, moins habile que son maître, mais plus abondant, plus véhément, plus pathétique et plus coloré. Comme M. de Martignac, il pare avec adresse et passe à côté du coup de lance. Il ne se laisse pas facilement désarçonner et il glisse à terre plus qu'il n'y tombe. Comme M. de Martignac, il en est encore à l'adoration de ces formes représentatives et de ce constitutionnalisme creux et métaphysique qu'on appelle le gouvernement pondéré des trois pouvoirs. Comme M. de Martignac, pour dernier trait de ressemblance,

M. Sauzet résume admirablement les opinions d'autrui et il conduit les discussions les plus tortues avec une sagacité, une délicatesse et un art qu'on n'a pas assez loués.

Je ne suis pas étonné qu'il ait présidé le conseil d'état avec une remarquable supério- rité. Il fallait le laisser à la tête de ce grand corps de magistrature administrative. C'était là son talent ; c'était là sa place, belle place.

Je ne crois pas avoir jamais entendu, de- puis M. de Martignac, un rapporteur plus in- telligent et plus disert, et M. Sauzet doit cet avantage à la réunion des trois qualités qui constituent les rapporteurs éminents, savoir ; la clarté, la mémoire et la modération.

Sa modération ! et depuis que j'écrivais ces lignes, M. Sauzet a été le rapporteur des lois de septembre. Sa modération ! et moi qui disais : « non, nous refusons encore d'y croire, non, nous n'y croyons pas, M. Sauzet n'est point fait pour abjurer sa vie et nos espéran- ces, pour fausser les généreux penchants de sa nature, pour se polluer aux attouchements du ministère, pour gâter, pour flétrir dans le commerce du sophisme, les pures et brillantes inspirations de sa jeunesse et de son talent!

«Qu'il soit plus décidé, plus ferme dans ses opinions! qu'il en ait le courage, qu'il en ait la vertu! qu'il ne tâche pas de concilier des impossibilités et de guérir les contraires par les contraires; qu'on ne dise pas de lui qu'il ne se brouillera avec personne, parce qu'il n'est avec personne, ni qu'il déserte ou qu'il fuit les principes parce qu'il n'en a aucun; qu'il ne se tienne pas sur la lisière du bien et du mal, du vrai et du faux, et qu'il ne cherche pas à marcher sur une poutre étroite, suspendu entre deux abîmes; qu'on sache ce qu'il est, ce qu'il veut et où il tend. Car l'éloquence n'est qu'une forme. Le fond de l'orateur politique, c'est la vérité de ses principes, c'est la bonté de sa cause. Or, il n'y a de principe vrai que celui de la souveraineté du peuple; il n'y a de bonne cause que celle de la liberté! »

Vaines paroles! M. Sauzet n'a pas su se retenir au rivage, il s'est laissé glisser dans le torrent, et il a été enlevé par le flot doctrinaire, qui l'a ensuite rejetté comme l'écume.

M. Sauzet n'a pas su non plus donner

l'amnistie à temps , et c'est bien là la plus
grande maladresse qu'homme d'état ait jamais faite. Tombé comme ministre, il a voulu
se relever comme orateur, et il a été assez
malencontreux pour aller parler, après le chef
du cabinet, sur la guerre d'Espagne. Qu'im-
portait, je vous prie, l'opinion de M. Sauzet,
ministre de la justice, sur la guerre d'Espagne et qui la lui demandait?

Il n'a fait que ressasser des lieux communs,
doubler M. Pelet, allonger M. Passy et déco-
lorer M. Thiers. Aussi, quand il a eu dévidé,
grain à grain, son chapelet, la chambre s'est
mise à bâiller. On lui criait de toutes parts :
Voyons, aurez-vous bientôt fini ? laissez là vos
patenôtres et allons dîner!

Vous verrez qu'on le renverra à chanter
dans les chœurs, lui qui pouvait être l'un des
premiers ténors de la troupe, et qu'au lieu
d'avoir une valeur propre et de signifier
quelque chose, M. Sauzet ne sera bientôt
qu'une utilité secondaire, bonne tout au plus
à faire un garde-des-sceaux !

Où siége aujourd'hui M. Sauzet ? sur quels
bancs ? avec qui? quelles sont ses doctrines?

quels sont ses amis? qui suit-il? qui mène-
t-il? est-ce là une position? est-ce là un caractère? Avoir commencé par demander
l'amnistie et avoir fini par voter la confiscation
de la presse et les déportations brûlantes de Sa-
lazie! quel début et quelle chûte! Qui se souviendra que M. Sauzet a été ministre, et qu'est-
ce que c'est, je vous prie, que d'être ministre,
ministre à la suite, bouchure du cabinet,
servant de camarilla, bedeau de sacristie,
ami de tout le monde, sans système et sans volonté? Qui ne se souviendra pas, au contraire,
que M. Sauzet a été le rapporteur des lois de
septembre? Cruel et désespérant souvenir
qui doit empoisonner le reste de sa vie! Et
les doctrinaires, son rôle fini, lui ont tourné
le dos et l'ont laissé là; ils haussent légèrement les épaules, en passant au pied de la
tribune, lorsqu'il y bat de la grosse caisse, et
pour plus de pitié, ils ne l'honorent pas
même de l'insolence de leurs murmures.
Faites donc de la terreur au profit de ces
messieurs! Livrez vous à ces démons, vendez
leur votre corps et votre âme! M. Sauzet est-il
assez puni? le voilà dans un coin, ce pauvre

roi de théâtre oublié, qui se tord les bras et la bouche, et qui parade sur les tréteaux, avec sa belle robe de pourpre, sans argent et sans spectateurs !

ÉTUDE X.

—

M. de Lamartine.

Lorsqu'une chambre n'est travaillée que par deux principes comme celui de la nationalité et du privilége, les nuances d'opinions s'effacent, les individualités disparaissent, et il n'y a, en présence l'un de l'autre, que deux drapeaux, deux camps, deux corps de bataille. C'est ce qui arriva sous la Restauration.

B. Constant, C. Perrier, Stanislas Girardin, Chauvelin, Bignon, Dupont de l'Eure, Foy, Manuel, Laffitte, marchaient à la tête de la nationalité contre le privilége défendu par Corbière, Villèle, Labourdonnaye, Sallaberry et Marcellus.

La chambre, qui n'est qu'un large miroir, reflétait alors, comme elle reflétera toujours, l'opinion du dehors. Les orateurs de la droite représentaient la noblesse, le clergé, la magistrature, la garde royale, les fonctionnaires et la cour. Les orateurs de la gauche représentaient la jeunesse, les soldats, la bourgeoisie moyenne, le barreau, les artistes et le peuple.

Mais lorsque, comme aujourd'hui, le privilége, sous le nom de légitimité, n'ose marcher le front levé de peur de passer pour rétrograde, et que la nationalité, sous le nom de souveraineté du peuple, n'ose se déployer de peur de passer pour révolutionnaire, il n'y a plus de liens communs, plus de doctrines arrêtées, plus d'état-major, plus de vaste tente où les chefs puissent se réunir pour tracer avec uniformité leur plan de campagne. Il y a presque autant de généraux qu'il y a de soldats. On s'arme, on s'équipe, on se bariole à sa fantaisie. L'un porte un schako, l'autre un blanc cimier; celui-ci un bonnet rouge, celui-là va sans cocarde. Chacun fait la guerre pour soi, se poste dans la plaine ou sur la montagne, tiraille à droite ou à gauche et perd sa poudre et son plomb.

Ce pêle-mêle parlementaire reproduit exactement la confusion de la société actuelle. La jeunesse rêve les formes républicaines. Les hommes mûrs regrettent l'ordre glorieux de l'Empire. Le clergé et la noblesse invoquent Henri V. Les artisans et les laboureurs veulent du travail. Le corps électoral veut le monopole. La bourgeoisie veut le repos, n'importe comment ni sous qui. Le parti militaire veut le despotisme. Le parti doctrinaire veut du pouvoir et de l'argent. Le parti national veut la liberté et l'égalité, et le parti social ne sait ce qu'il veut.

Qu'est-ce donc que le parti social? le parti social est un mélange de saint-simonisme, de romantisme et d'un libéralisme bâtard, étourdissant de mots et vide d'idées.

Chaque parti cherche dans les chambres un représentant de son opinion, parce que les plus belles théories restent, au dehors des chambres, à l'état de théories. Mais dans les chambres, les théories, lorsqu'elles triomphent, prennent le nom et l'autorité des lois, et elles se tournent en application. Or, toutes les opinions, par l'invincible pente des choses humaines, aboutissent à une formule. Il n'y a pas d'utopie qui ne prétende à la réalité. Il n'y a pas de désintéressement qui ne veuille finir par le pouvoir.

Le parti social n'a pas été en reste des autres partis et il a cru trouver son représentant dans M. de Lamartine.

Il y a dans M. de Lamartine deux personnages : le poète et le politique ; mais comme le politique n'est que le reflet du poète, il faut d'abord définir le poète.

La poésie de nos jours ne ressemble plus à la poésie antique.

Ce n'est plus l'une des Grâces que le brillant génie d'Athènes couronnait de fleurs : c'est un spectre hurleur qui secoue ses ossements entre les fentes des tombeaux.

M. de Lamartine semble avoir répandu toute son âme de poète dans ses premières méditations. Il chantait, et Naples, la voluptueuse Naples, nous apparaissait dans ses vers. Ces beaux rivages d'Italie, ces îles d'enchantement, ces brises parfumées, ces molles plaintes de l'amour, ces notes voilées qui tombaient de sa lyre, nous jetaient dans une sorte de vague et mélancolique tristesse : ce n'était ni pur comme l'antique, ni sévère comme le christianisme, ni positif comme le siècle : mais c'était une poésie tendre et rêveuse qui avait du charme comme une ombre qui passe, un flot qui murmure, une vierge qui soupire, une harpe qui gémit.

S'il y avait eu dans ce temps-là un peu de critique littéraire, on eût appris à M. de Lamartine, qui savait écrire, à penser. Mais on l'a caressé, adulé, énorgueilli, gâté. On le gâte encore. Ce qu'il fait aujourd'hui n'est ni ode ni élégie, ni anglais ni français. Il entrechoque ses mots, il rompt leur liaison grammaticale et leur harmonie. Il affecte toujours le même son, un son monotone. Il emploie toujours la même couleur, la couleur bleue. C'est le bleu de l'œil, le bleu du firmament, le bleu de la mer, le bleu du cadavre, des bleus, toujours des bleus ! Il choisit une pierre de tombeau, il la tourne et la retourne ; il la mesure à l'équerre et il la cube ; il dessine et colorie les plus petites herbes qui végètent à l'entour ; il décrit, une à une, les feuilles de cyprès qui l'ombragent ; ensuite, il use la pierre avec ses habits, ses pleurs et ses gémissements. Il compte sur l'aiguille de sa montre les pulsations du bras d'un mourant. Mort, il le reprend, dissèque ses chairs, trépane sa cervelle et fait craquer ses os. Mais n'est-ce pas là une douleur d'anatomiste plutôt qu'une douleur de poète, vraie, profonde, naturelle, sentie ? Oh ! que je suis plus touché d'entendre Malherbe s'écriant :

> Elle était de ce monde, où les plus belles choses
> Ont le pire destin,
> Et rose, elle a vécu ce que vivent les roses,
> L'espace d'un matin.

Décrire, analyser comme Dubartas et Ronsard, les plus secrètes beautés d'une femme, les cils et l'iris de ses yeux, les taches de sa peau, l'émail de ses dents, les veines de son sein, les délicatesses de sa taille, même avec accompagnement de métaphysique langoureuse, c'est revenir à l'enfance de l'art.

Praxitèle ne surchargeait point Vénus d'ornements coquets, de roses, de fleurs bleues et de plumes d'autruche. Il ne lui mettait pas du fard sur les joues et des rubis à chaque doigt. Il la faisait nue mais décente, belle et dans la simplicité de la nature. Tous les grands génies ont été simples, tous, Homère, Virgile, Racine, Shakespeare, Raphaël.

Les vrais poètes ont été d'aussi merveilleux logiciens que les philosophes. Qui a mieux connu le cœur humain que Molière, mieux peint que le vieux Corneille la grandeur de la vertu, mieux soupiré que Racine les faiblesses de l'amour ? Qui eut jamais un goût plus sûr, un esprit plus juste que Voltaire ? Et de nos jours, y a-t-il un homme de gouvernement, de barreau ou de tribune, dont le jugement soit plus droit que celui de notre Béranger ? C'est que la poésie, la vraie poésie n'est que la raison ornée par l'imagination et par le rhythme.

Malheureusement, on ne peut en dire au-

tant des poésies de M. de Lamartine : il a, je
le sais, des cris sublimes, des cris de l'âme;
il a des sons inattendus qui ravissent l'oreille.
Mais aussi quel désordre d'imagination! que
de notes fausses et saccadées dans sa mélodie!
quelle prodigalité d'épithètes ambitieuses!
quel abus du descriptif, de l'inversion, de la
métaphore et de la couleur ? De plan et d'ordonnance, point. De progression dramatique,
aucune. De logique, car il en faut dans la
poésie comme dans tout le reste, absence
complète. M. de Lamartine semble trop avoir
oublié que les mots ne sont pas des idées, ni
le strass de l'or, ni le heurt des sons de l'harmonie, ni la confusion de la science, ni la
physiologie de la douleur. Si M. de Lamartine passe à la postérité avec les autres poètes
de la décadence, et si notre langue devient
un jour une langue morte, il sera, par l'in-
cohérence de ses pensées et de son style, l'un
des auteurs les plus difficiles à expliquer, et
il fera le désespoir des écoliers et des com-
mentateurs.

M. de Lamartine, comme orateur politique,
vit sur sa réputation de poète. Il n'a rien de

passionné, rien d'inspirateur dans le regard, le geste et la voix. Il est sec, compassé, sentencieux, impassible. Il brille et n'échauffe point. Il est religieux et n'a point de foi. Il ne sent pas ses entrailles remuer, ses lèvres trembler, et sa parole s'animer et vivre.

M. de Lamartine a une très-vaste mémoire qui retient et rend tout ce qu'il y met. Elle n'hésite pas devant les interruptions, se joue à l'aise dans sa marche et suit, sans se perdre, le fil incertain de mille détours. J'ai l'idée que M. de Lamartine improviserait avec facilité sur quelques sujets moraux ou littéraires. Mais alors il serait un peu surabondant, un peu diffus. Il ne manque pas de calme dans les orages de la tribune, peu violents autour de lui, ni d'à-propos et de bon goût dans la réplique du moment. Du reste, pas le moindre fiel sur ces lèvres-là, une naïveté de poète et une honnêteté de cœur qui ont quelque chose de virginal.

M. de Lamartine ne brille point dans sa poésie par les qualités des siècles d'Auguste et de Louis XIV, la savante ordonnance du plan, l'observation des caractères, la gradation de l'art, la sagesse des détails, la pureté du trait, l'enchaînement et la justesse des pensées ; mais la contrainte du mètre et de la rime force ses idées à un certain ordre qu'il ne suit pas dans ses harangues. Son style mou et fluent se dandine sur l'une et l'autre jambe. Plus brillanté que brillant, plus monotone qu'harmonieux, plus gonflé que plein, il n'a pas l'allure libre, dégagée, ferme et naturelle de la belle prose. Il ne peut marcher sans un langage d'épithètes oiseuses. Il abandonne l'idée pour courir après les sons d'oreille et les effets de prosodie. Il se complaît et se berce dans les désinences euphoniques. Il noie sa pensée dans un déluge de tropes et de métaphores, et ses motions parlementaires finissent en queue de strophes.

Le vent sort de ses discours ronflants qui étourdissent l'oreille et qui n'y laissent pas même du son.

Si avec vos phrases cadencées vous ne voulez faire que de la musique, j'aime autant aller entendre Rossini.

M. de Lamartine est à nos bons orateurs ce que la rhétorique est à l'éloquence.

Le Parlement n'est pas un théâtre où les acteurs doivent venir débiter des amplifications flûtées et des périodes arrondies, pour l'amusement des spectateurs. Vous dites que vous représentez le peuple! Parlez donc comme parlerait le peuple, qui parlerait bien.

M. de Lamartine peut émerveiller les députés de province par le reflet scintillant de ses couleurs; mais il offense la délicatesse des gens de goût. Il ne se doute pas plus de ce que c'est que d'écrire en prose, que M. de Châteaubriand ne se doute de ce que c'est que d'écrire en vers. Le genre délibératif a ses règles et ses beautés, qui ne sont point les règles et les beautés du genre lyrique. Ici, le style doit être naturel et ferme. Les pensées doivent être simples mais grandes; elles doivent marcher et s'enchaîner dans un ordre précis et rigoureux. Or, M. de Lamartine est diffus et redondant. Il n'a ni profondeur d'idées, ni logique, ni discussion, ni vigueur d'argumentation. Il se rencontre des gens ce-

pendant qui prennent ces dithyrambes de tribune pour de l'éloquence. On a bien raison de
dire que nous sommes en pleine anarchie,
car non-seulement il n'y a plus, en France,
de vertu politique, mais encore il n'y a plus
même ce qu'il y eut de tout temps, il n'y
a plus de goût.

Je rends une pleine justice aux sentiments
moraux et religieux de M. de Lamartine, à
l'élévation de son caractère, à ses charmantes
qualités, à son noble cœur. Il sait trouver de
généreuses paroles contre l'arbitraire et les
vengeances du pouvoir, et nous lui tenons
gré de ses inspirations d'honnête homme.
Mais comme il ignore la langue des affaires,
qu'il n'attaque point les abus par le côté positif et qu'il ne descend point aux applications,
les ministres le laissent volontiers errer et se
perdre dans le vague de ses oraisons. Ils se
moquent bien des beaux sentiments!

Quand M. de Lamartine leur prêcherait
toute la journée, en manière de Bible, des
moralités parlementaires, qu'est-ce que cela,
je vous prie, peut faire aux aurivores de la

doctrine? Ils n'ont jamais prétendu gagner le ciel par leurs bonnes œuvres. Eh ! mon Dieu, pourvu qu'on les laisse en paix sur la terre avec leurs portefeuilles, leurs fonds secrets, leurs télégraphes, leurs pots de vins et leurs traités d'Amérique, ils n'en demandent pas davantage. Si M. Mauguin lit à la tribune un petit billet honnête et bien tourné de M. de Polignac, sur les documents venus d'outre-mer et entachés de faux matériel; si M. Berryer imprime les brûlures de sa parole au front des signataires du fameux traité, les ministres crieront à l'alliance carlo-républicaine qui s'avise méchamment d'appeler les choses par leur nom. Mais si un député de l'opposition jette la proie de son vote aux loups-cerviers des deux mondes, M. de Fulchiron sautera de banc en banc, renversant sur son passage plumes, écritoires et chapeaux, pour aller presser ce député dans ses embrassements vengeurs. Si M. de Lamartine propose à son tour de faire payer vingt-cinq millions par les ouvriers français aux banquiers américains, les ministres eux-mêmes riront beaucoup de cette sensibilité logique qui consiste à soulager les gens de leur misère, en leur prenant leur argent.

Qu'un poète chante sur la même lyre, les souffrances de la croix et les mystères d'Isis; qu'il célèbre la pureté des vierges chrétiennes, et les grâces de la blonde et voluptueuse Néère; qu'il ait des odes d'enthousiasme pour Napoléon et des chants graves pour la liberté, à la bonne heure! Passions du cœur, diversité de caractères, chute d'états, héros, guerres, fêtes, scènes de la nature, fleurs des champs, éruption de flammes, orages des montagnes, doux souffle des vents, tonnerre, mers, cieux, astres de l'immensité, tout l'univers est à lui!

Mais lorsque le poète se fait député, lorsqu'il daigne s'asseoir avec le vulgaire de ses compagnons sur les banquettes du parlement, on lui demande et l'on a droit de lui demander : D'où venez-vous, où allez-vous, que voulez-vous? Il ne s'agit plus ici de chanter, de tenir l'œil fixé sur le firmament bleu et de se percher dans les nuages. Etes-vous homme ou oiseau, ange ou diable? Habitez-vous le ciel ou la terre? Voulez-vous être légitimiste, républicain ou ambassadeur? Voyons, dites-le, et qu'on le sache!

Vous nous apprenez qu'il y a eu deux drapeaux, le blanc et le tricolore. Nous le savions bien; mais ce que nous ne savons pas, c'est quel est le vôtre? Vous tirez de votre théorbe d'égales louanges pour nos soldats et pour les Vendéens, mais de quel côté plantez-vous donc votre tente? Vous versez d'évangéliques larmes sur la dureté de cœur des ministres, et puis, quand vient le moment de scrutiner, il se fait une espèce de révolution païenne au bout de vos doigts, et la boule blanche s'en échappe! vous appuyez de mauvaises lois pour être agréable aux doctrinaires, et vous dites que ces mauvaises lois ne valent rien, pour être agréable à l'opposition! Vous vous apitoyez sur l'indigence des prolétaires français, et vous leur faites payer vingt-cinq millions la philantropie américaine de votre vote! Vous louez le ministère d'avoir maintenu ce que vous appelez l'ordre public, et vous l'accusez de faire un procès à ceux qui se sont indignés contre cet

ordre là! Vous trouvez admirable le grand
Périer, le petit Thiers et sa compagnie, et
puis quand le petit Thiers vous demande des
fonds secrets pour continuer le sujet de vos
admirations, vous repoussez les fonds secrets! Vous flétrissez l'esclavage, et, au même
moment, vous prétendez que la loi de la société peut enchaîner le citoyen! Vous profes-
sez l'émancipation des nègres, et vous votez
au gouvernement de l'or et des gendarmes
pour empêcher l'émancipation! Tâchez donc
de mettre un peu plus d'accord, dussiez-vous
déplaire au ministère, votre péroraison avec
votre exorde et vos conclusions avec vos pré-
misses!

Mais où M. de Lamartine a été tout à fait au-
dessous de lui-même, c'est quand il a voulu,
par un bizarre et inexplicable caprice, défendre
la loi de disjonction. Dans tout autre pays et
avec une toute autre chambre, un ministère
qui se serait permis de faire évader le coupable et de mettre en jugement les complices,
aurait été lui-même poursuivi pour violation
de la loi. Si le jury de Strasbourg n'avait pas,
tout d'une voix, acquitté les compagnons de

Louis Bonaparte, il aurait manqué à la loi
divine, qui est la loi de la conscience, et à la
loi humaine, qui est la loi de la raison. M. de
Lamartine, en défendant la stupide et abominable loi de disjonction, a péché par défaut de jugement, ce qui ne me surprend pas,
et par défaut de cœur, ce qui a affligé ceux
qui l'aiment. Après cela, fiez-vous aux
poètes!

Tout son discours, dans cette malheureuse
loi, n'a été qu'une longue aberration et qu'un
entassement de contradictions et d'inconséquences de toute espèce. Il dit qu'il aime
par-dessus tout la liberté et l'égalité, et il
débite le discours le plus aristocratique de la
session. Il flétrit la loi de disjonction de coup
d'état législatif, et il vote pour ce coup d'état.
Il respecte l'immuabilité de la charte, et il
veut d'une seconde assemblée constituante.
Il entend préserver la patrie, et il excuse
l'attaque à main armée de la patrie. Il ne fait
que d'apprendre la distinction de la con-
nexité d'avec l'indivisibilité, et il disserte,
comme Bartholo, sur cette distinction de jurisprudence. Il demande qu'on obéisse aux

lois, et il sappe l'inviolabilité du jury. Il réprouve les révolutions militaires, mais il s'accommoderait assez volontiers des révolutions populaires, pourvu qu'elles ne vinssent que de temps en temps, et tout le reste de la même force.

Au surplus, M. de Lamartine n'était pas là sur son terrain, et l'on ne doit pas s'étonner qu'il battît un peu la campagne. Mais lorsqu'il défend les lettres humaines, il n'est guère plus fort, guère moins inintelligible. Il semble qu'il compose son discours d'hexamètres rompus, de sons d'oreille, de phrases inachevées. *Ægri somnia.*

Voyageur de nuages, il se plaît dans une sorte de métaphysique aérienne et quintessenciée, qu'il s'imagine être de la science sociale et qui n'est qu'une sorte de déisme rêveur appliqué aux choses de la terre. Il construit, dans ses songes, des définitions baroques dont le sens échappe à l'analyse. Voici, par exemple, sa théorie sur la littérature :

« Le beau est la vertu de l'esprit. En restreignant le culte, craignons d'altérer plus tard la vertu du cœur. »

· Que dire de M. de Lamartine débitant en pleine chambre de pareils logogriphes, et que dire surtout des députés beats qui y applaudissaient?

Notre gouvernement représentatif a été arrangé de la sorte que les gens d'imagination y sont peu propres. Notre législation a une langue technique qu'il faut avoir étudiée. Elle est hérissée de termes de droit, quelquefois barbares, et toute semée des arguties de l'école. C'est pour cela que les avocats subtils et retors abondent dans les chambres. Ils y sont à leur place naturelle. Car faire les lois, c'est discuter et ils sont des hommes de discussion. Je ne dirai pas cependant avec Platon, prenez les poètes par la main, et après les avoir couronnés de fleurs, reconduisez-les poliment aux frontières de la république. Je ne dirai pas avec Paul Louis, que les gens de lettres, en général, dans les emplois, perdent leur talent et n'apprennent point les affaires, ni avec M. Laffitte, que M. de Lamartine peut être très-poétique, mais qu'il n'est pas très-logique.

Les poètes, je l'avouerai, seraient assez mal placés au tribunal de police correctionnelle, au conseil d'état, à l'école des ponts-et-chaussées, aux bureaux du timbre et de l'enregistrement, et même dans les ambassades. Je scandaliserais beaucoup M. de Lamartine si j'allais dire et prétendre qu'un maire campagnard, en sabots si vous voulez, ayant du sens et de l'expérience, gouvernerait plus sagement que lui les affaires de l'état, et cependant je l'affirmerais, et je serais cru de plusieurs.

Mais pourquoi, après avoir aboli le cens absurde de l'éligibilité, n'enverrait-on pas siéger sur les bancs législatifs, à côté du poète Lamartine, le poète Béranger et le poète Victor Hugo, et le poète Alexandre Dumas, et Lamennais et Châteaubriand, qui sont aussi de grands poètes? Et quand j'y verrais une vingtaine de célébrités dans les sciences physiques et naturelles, la musique, la peinture, la sculpture et les arts, je m'en réjouirais pour l'honneur de mon pays. Cette élite

brillante de talents et de génies, sans nuire
au fond sérieux de la législature, stipulerait
aussi pour ses intérêts moraux, intellectuels,
scientifiques et artistiques, qui ne sont pas
moins précieux, moins chers à la France que
les intérêts financiers et matériels. Ce qui
représente bien la France, c'est ce qui l'honore.

Il est bon d'ailleurs que quelques voix de
poètes protestent généreusement contre cette
abominable peine de mort qui fit, Dieu sait,
le sujet de tant d'augustes pleurnicheries, et
qu'on a depuis oubliée si vite avec tout le
reste. Il est bon qu'ils se jettent entre les partis acharnés qui se déchirent et qu'ils fassent
entrer quelque pitié, si ce n'est quelques remords, dans l'âme des donneurs d'ordres impitoyables, des pressureurs d'impôts qui dé-
vorent le pauvre peuple, des tueurs après
troisième sommation. Voilà comme je com-
prends la mission du poète parlementaire, et
elle est belle cette mission, et M. de Lamartine est digne de la remplir!

Qu'il se console, au surplus, car ne faut-il
pas toujours consoler les poètes? s'il n'avait

pas ses défauts, il n'aurait pas ses qualités ; s'il n'était pas mobile, il ne serait pas impressionnable ; s'il n'était pas impressionnable, il ne serait pas poète ; s'il ne rendait pas tous les sons, il ne serait pas une lyre ; s'il avait la précision de la prose, il n'aurait pas la cadence du vers ; s'il avait la logique du raisonnement, il n'aurait pas le vague exquis de de la sensibilité ; s'il avait la pureté du dessin, il n'aurait pas la richesse du coloris ; s'il avait la langue des affaires, il n'aurait pas le langage des Dieux !

Oui, que M. de Lamartine se console de n'être pas orateur. Son sort est assez beau. Il vivra quand les maîtres actuels de la parole ne vivront plus, eux et leurs œuvres, et que deux ou trois noms seuls surnageront dans le vaste naufrage de nos gouvernements éphémères. Il vivra, et nos neveux, en rêvant sur la fin d'un beau soir, aimeront à répéter ces stances qui tombent avec tant de grâce et de mollesse :

> Doux reflet d'un globe de flamme,
> Charmant rayon, que me veux-tu ?

Viens-tu dans mon sein abattu
Porter la lumière à mon âme?
    Descends-tu pour me révéler
Des mondes le divin mystère,
Ces secrets cachés dans la sphère
Où le jour va te rappeler?
    Une secrète intelligence
T'adresse-t-elle aux malheureux?
Viens-tu, la nuit, briller sur eux
Comme un rayon de l'espérance?

    Viens-tu dévoiler l'avenir
Au cœur fatigué qui t'implore?
Rayon divin, es-tu l'aurore
Du jour qui ne doit pas finir?
    Mon cœur à ta clarté s'enflamme ;
Je sens des transports inconnus ;
Je songe à ceux qui ne sont plus,
Douce lumière, es-tu leur âme?

Il vivra, et tant qu'il sera bruit de Napoléon, qui ne redira ces vers ?

Ta tombe et ton berceau sont couverts d'un nuage,
Mais pareil à l'éclair tu sortis d'un orage;
Tu foudroyas le monde avant d'avoir un nom.
Tel le Nil, dont Memphis boit les vagues fécondes,
Avant d'être nommé, fait bouillonner ses ondes
    Aux solitudes de Memnon.

Si M. de Lamartine me trouve un peu sévère, c'est qu'il n'aurait pas dû sortir de son rôle naturel, et qu'ayant voulu assez triste-

ment se faire homme d'état, j'ai dû peindre
le caractère inconsistant et les inconséquences de l'homme d'état.

Quand on veut de l'amélioration sociale,
on doit vouloir de l'amélioration politique.
Quand on a de la logique, on ne parle pas
pour, afin de conclure contre. Quand on est
député, il faut qu'on sache ce qu'on veut, que
l'on sache ce qu'on est, que l'on sache où
l'on siége, que l'on sache où l'on va. Quand
on aime sincèrement le peuple, on ne demande pas pour lui du pain mais du travail,
de l'honneur, de l'égalité. Quand on aime
sincèrement la liberté, on ne vote pas avec
ses ennemis.

Mais non, vous ne pouvez haïr la liberté,
car vous avez une belle âme ! Non, vous n'ê-
tes pas assez malheureux pour croire que les
gouvernements peuvent être impunément in-
justes, violents et corrompus ; que la nécess-
sité entre, avec son coin de fer, dans les
choses humaines pour les briser et pour les
séparer aveuglément ; que la sanction d'un
principe ne réside que dans son triomphe, et
que les révolutions achetées par le sang des

citoyens ne doivent amener, pour tout ensei-
gnement et pour tout résultat, que la lâche
oppression du peuple.

Honte à ces doctrines ! nous ne passons
pas, nous, d'un camp à l'autre, avec les caprices de la victoire. Nous plantons notre
drapeau sur les terres de la patrie. Nous voulons la liberté, non dans les phrases, mais
dans les choses, non dans les mensonges d'une
charte, mais dans les réalités de la vie politique, non dans les priviléges de quelques-uns,
mais dans l'égalité de tous. Nous ne croyons
pas que la vérité soit condamnée à pactiser
avec l'erreur, que les lois éternelles de la
justice et de la morale cessent de gouverner
le monde, que les principes aient à demander grâce à la nécessité, que l'insolence du
fait doive surmonter le droit, et que la souveraineté du peuple puisse mourir !

ÉTUDE XI.

—

M. Mauguin.

M. MAUGUIN est l'un des trois hommes d'esprit de la chambre, et MM. Thiers et Dupin sont les deux autres. M. Thiers éblouit par le prisme de ses facettes, M. Dupin par ses vives arêtes, et M. Mauguin par les lueurs soudaines de ses réparties.

M. Mauguin a une figure ouverte, des yeux fins et spirituels, un organe ferme et net, une déclamation un peu emphatique.

Il cause aussi bien qu'il parle. Il aime à joûter contre le premier interlocuteur venu.

Il se fait le centre des groupes de députés qui bourdonnent dans la salle des conférences, et, ainsi qu'aux succès de tribune, il vise aux succès de couloirs.

Il est agréable de sa personne, et il a des manières enjouées et liantes. Il captive, il séduit, il est aimable. J'aime M. Mauguin. Je l'aime assez pour dire tout haut de lui tout ce que j'en pense; du bien et du mal, plus de bien que de mal.

C'était dans les commencements de la révolution de juillet. L'Europe ne partageait pas encore bien décidément la franche admiration de M. de Talleyrand pour le Napoléon de la paix. Le château hésitait entre l'alliance des rois et l'alliance des peuples. M. Mauguin n'hésita pas, lui! Il se sentit pris tout-à-coup de la même fièvre belliqueuse que le général Lamarque. Il faisait beau les voir, comme feu M. de Malborouck, s'en aller tous deux en guerre. Les voilà partis! Ils entraînent sur leurs pas et déploient les bataillons de la grande armée. A leur ordre, Toulon vomit ses flottes pour bloquer Ancône et soulever l'Adriatique, tandis qu'une expédition de nos meilleures troupes, longeant le littoral d'Alger, ira renouveler sur les plages du Nil les prodiges de Bonaparte. Le Rhin est franchi, la Belgique s'insurge, Vienne capitule, Cracovie ouvre ses portes, et, grossie des phalanges de la Courlande et de la Bessarabie, la propagande victorieuse se fraie une large voie jusqu'au Tanaïs. Là, même arrivé, M. Mauguin ne se reposait pas, et comme je ne suis ni si bon géographe ni si expert stratégicien que lui, je ne saurais nombrer et je craindrais d'estropier les noms des provinces Prusses et Russes, Valaques et Morlaques dont il achevait la conquête. Je crois, en vérité, que si on l'eût laissé faire, il nous eût menés, tambour battant, à travers champs, jusqu'aux Grandes-Indes. Ils organisaient sur leur chemin, Lamarque et lui, des révolutions et des chutes d'empires. Ils fondaient des états. Ils passaient des traités d'alliance et de commerce. Ils promenaient le drapeau tricolore à la suite de leurs triomphes. Ils appelaient à la liberté les Kalmouks, les Kirguises et les Kurdes, et je ne me souviens pas trop s'ils ne faisaient pas aussi de toutes petites Chartes pour tous ces braves barbares, enchantés d'être vaincus.

Les dames, habituées des tribunes, qui sont toujours, comme on sait, sensibles à la gloire, criaient : bravo, Lamarque ! bravo, Mauguin ! et elles laissaient discrètement glisser, du coin de leurs mouchoirs parfumés, des vers, des lauriers et des fleurs. Moi-même, qui ne m'éblouis guère, j'étais surpris, émerveillé, qu'on pût faire en si peu de temps et avec de si faibles moyens des conquêtes si prodigieuses et si rapides. Je n'étais pas vraiment sans crainte pour la Russie, la Prusse et l'Autriche, et je m'attendais à lire chaque matin, dans la partie officielle du *Moniteur*, que MM. Lamarque et Mauguin avaient daigné admettre à leur petit lever les députations des nations affranchies par le bonheur de leurs armes, et que ces messieurs leur avaient dit, selon l'usage des conquérants : « Nous recevons « toujours avec un nouveau plaisir l'ex- « pression de votre dévouement ; » lorsque le choléra vint tout-à-coup interrompre le cours de ces oraisons triomphales et frapper inglorieusement l'un de nos Alexandres, lequel, si la fortune eût été juste, aurait dû mourir à la tribune, dans l'explosion de sa victoire.

En perdant le général Lamarque, M. Mauguin perdit son emploi de chef d'état-major, et même je dois dire à sa louange qu'il eut assez de désintéressement et de modestie pour ne pas 'réclamer, malgré ses brillants faits d'armes, son traitement de demi-solde.

Bientôt, afin de pouvoir continuer ses expéditions géographiques, M. Mauguin passa de la guerre au service des colonies, et, lui qui voulait, il y a deux ans, affranchir les Morlaques, ne veut pas aujourd'hui affranchir les Nègres, qui valent bien à peu près les Morlaques.

M. Mauguin a aussi la prétention d'être un très-habile diplomate, et même le plus habile de tous. Ne croyez pas que vous lui apprendrez sur ce chapitre rien qu'il n'ait appris. Il sait par cœur Grotius et Puffendorf. Il a pâli sur les manuscrits des archives de Versailles. Il connaît les traités patents et les clauses additionnelles. Il n'est point de mar-

ches et de contre-marches d'armée dont le
secret lui échappe. Il prévoit la destination
des flottes, et il vous dira vers quel point du
globe elles doivent virer de bord, avant
même que l'amiral ne soit en mer et qu'il
n'ait décacheté ses dépêches. Le télégraphe a
beau multiplier et croiser en cent façons ses
longs bras, ils ne lui dissimuleront rien. Ses
communications, vous pouvez l'en croire,
lui viennent de bonne source. Il a ses espions
rangés le long des frontières, ses journaux,
ses correspondances privées, ses intelligences, ses lettres chiffrées, et j'allais dire ses
ambassadeurs. Il ne lui manque plus que les
fonds secrets pour être tout-à-fait ministre
des affaires étrangères. Aussi est-ce à ce poste
qu'il aspire. Car ne lui parlez pas, à lui jurisconsulte, d'être garde-des-sceaux ; il n'est
pas fait pour ce métier-là !

Au surplus, je l'ai déjà dit, mener les affaires étrangères, c'est la marotte des avocats et des rois de ce temps-ci. Ils ont tous,
avocats et rois, rois et avocats, la prétention
de savoir parfaitement ce qui se passe chez
les autres. Nous préférerions, nous, pau-

vres hères, qu'on s'inquiétât un peu de ce qui se passe chez nous.

Serait-ce donc qu'il y a, dans toutes nos natures françaises, un faible d'aristocratie qui se découvre toujours par quelqu'endroit? Nos avocats décapuchonnés ne sont pas peu fiers de traiter, d'égal à égal, avec les gens portant couronne. Ils s'imaginent bravement que l'Europe les regarde, que l'Europe a pour eux la considération la plus distinguée; qu'ils font bien peur à l'Europe ou qu'ils lui font bien du plaisir, et qu'il est infiniment plus relevé, plus noble, sans aucune comparaison, de toucher dans la main d'un ambassadeur de Bohême, que dans celle d'un juge de Meaux ou de Melun.

M. Mauguin a encore une autre manie que celle des conquêtes, de la diplomatie et de l'esclavage. Il tient beaucoup à passer, pardon du néologisme, pour un homme gouvernemental. Il croit de la meilleure foi du monde que la plupart de ses collègues de l'opposition n'entendent rien ou presque rien aux matières d'État; qu'ils ne chérissent, qu'ils ne respectent pas suffisamment la centralisation ; qu'ils font trop de petite controverse; qu'ils se noient trop dans les détails et qu'ils ne sauraient, comme lui, organiser un plan d'administration et mener à bout de vastes desseins. Il a du faible pour le pouvoir, et il est plus touché des nécessités de l'ordre que de celles de la liberté.

M. Thiers, notre petit démon, entretenait M. Mauguin dans ces idées-là. Pareil au reptile tentateur, il s'approchait de lui en rampant. Il le contournait, il l'enveloppait et, glissant jusqu'à son oreille, il lui sifflait ces mots : « Comment pouvez-vous, M. Mau- « guin, vivre avec des gens de l'espèce de « ceux que nous combattons, gens à cer- « velle étroite et têtue? Ne voyez-vous donc « pas que vous êtes le seul d'entre eux qui « compreniez ce que c'est que le gouverne- « ment, et quand vous serez assis à notre « place, sur ce banc d'angoisses et de dou- « leurs, vous ferez comme nous, M. Mau- « guin ! Aidez-nous donc, car en travaillant « pour nous, qui ne faisons que vous préparer « les voies, vous travaillez pour vous-même.» M. Mauguin n'a cédé que trop à l'insi-

nuante fourberie de ces louanges, et il
ne s'est pas aperçu que pour gagner les
bonnes grâces de M. Thiers et de ses pareils, il s'aliénait l'austère amitié de l'opposition.

On dit que, léger d'humeur, indécis par
état, il a plus de foi à la fatalité des circonstances qu'à la vérité des principes; que
membre du gouvernement provisoire et
membre influent, l'histoire lui reprochera
d'avoir failli à la souveraineté du peuple,
d'avoir muselé la révolution et débridé la
monarchie, d'avoir cédé mollement aux fantaisies usurpatrices d'une assemblée sans
mandat, d'avoir eu peur de tout quand il
fallait n'avoir peur de rien, de n'avoir pas
compris ce qu'il représentait, ce qu'il pouvait exiger et ce qu'il devait faire, et de n'a-
voir consulté ni les besoins de la France, ni
son génie, ni sa fortune, ni sa volonté. On
croit que, ministre dans les temps orageux
que nous avons traversés, il eût paru beaucoup trop préoccupé de ce qu'il appelle un
gouvernement fort, et pas assez des avertis-
sements de l'opinion; qu'amoureux de ce qui

brille, il eût été magnifique dans ses goûts de
dépense et même un peu prodigue, et qu'il
ne se fût montré enfin l'homme ni de l'économie ni de la liberté.

On ajoute, en examinant de près sa conduite parlementaire, qu'il n'a pas assez de
suite dans ses idées; qu'il fait trop d'opposition individuelle et pas assez d'opposition
collective; qu'il détourne et laisse avorter, par
ses brusques sorties, des combinaisons dont
il ne se donne pas la peine de s'enquérir;
qu'il ne va pas assez loin et qu'il va quelquefois trop loin ; qu'il se tait quand il devrait
parler, ou qu'il parle quand il devrait se
taire; qu'il soutient des thèses pour le moins
extraordinaires, si ce n'est fausses; qu'il
fait la guerre à l'aventure, en tirailleur plutôt qu'en capitaine; qu'il ne sait ni donner le
mot d'ordre ni le prendre, et que, n'étant ni
en dehors ni en dedans de l'opposition, il
la met dans l'impuissance de le suivre ou de
le combattre; situation fausse qui tient les
esprits sur leurs gardes, éveille contre lui
des soupçons d'ambition, et fait douter de sa
vertu politique.

Il y a peut-être un peu de dépit, un peu d'humeur dans ce jugement-là. Pour moi, je crois que M. Mauguin a plus de vanité que d'ambition. Membre du gouvernement provisoire qui faisait les ministres, il aurait pu se faire ministre lui-même; il ne l'a pas voulu. Il eût été proscrit par Charles X victorieux, et il a montré, à l'hôtel de Grève, qu'il était capable de courage civil. Sa vie politique a été toute parlementaire, elle est pure, et n'a aucune mauvaise action à se reprocher. Qu'il aime l'égalité par désintéressement ou par orgueil, peu importe, il l'aime; qu'il défende la centralisation, nous ne l'en blâmerons que jusqu'à un certain point. Tous les hommes d'état reconnaissent la nécessité d'un pouvoir fort dans un pays où l'imagination est la faculté dominante, et où elle transporte les esprits avec une oublieuse facilité, d'un système à un autre. M. Mauguin aime avec un patriotique excès l'indépendance de notre nation, qu'il préfère à la liberté même. Il pense qu'elle a besoin d'être occupée, éblouie par le spectacle des grandes choses, et de se sentir gouvernée. Il n'a pour aucune sorte de dynastie,

11

aucune sorte de tendresse personnelle ni de préjugés. Il y a même, au fond de ses concessions monarchiques, des instincts révolutionnaires, et je crois qu'il s'accommoderait de la république aussi volontiers que de la royauté, pourvu que la république eût de l'unité, de la puissance et de la grandeur.

M. Mauguin est encore un homme de juillet que la dynastie, vous le verrez, usera à son service. Il a, je le répète, un vif, un très-vif sentiment de la nationalité, une vue nette et prompte des intérêts commerciaux de la France, une aptitude laborieuse et rompue aux affaires, une conversation brillante et fine et les grandes manières de cour. Qu'est-ce que le nom d'ancêtre qui lui manque? le nom de M. Mauguin vaut bien celui de tant de ducs et pairs qui traînent leur titre dans la déconsidération et l'oubli. Pourquoi M. Mauguin ne deviendrait-il pas ministre des affaires étrangères? Quant à moi, si je pouvais donner un tour de roue à sa fortune, je le ferais bien volontiers; il me tarde de voir à l'œuvre, l'un après l'autre, tous les députés de l'opposition dynastique. Nous verrons comment ils s'en tireront, et s'ils ne s'en tirent pas, alors il faudra bien convenir que toutes les expériences sont faites, qu'il existe entre certaines choses certaines incompatibilités, et qu'il y a lieu à aviser.

Nous avons vu le côté politique de l'homme, peignons l'orateur.

M. Mauguin a des gestes nobles, une parole claire et raisonnante, une attitude ferme. Il n'est pas aussi long, aussi diffus, aussi avocat que les autres avocats. Il gâte quelquefois sa diction en voulant la soigner, mais sa phraséologie est plus déclamatoire dans le ton que dans les mots, dans l'accentuation que dans les idées. On peut lui reprocher de trop calculer les effets oratoires, de laisser voir la trame de ses discours, et de ne pas s'abandonner assez à la nature. Du reste, il est net dans ses exordes. Il dispose bien les différentes parties de son sujet; il les suit, il les pousse avec vigueur dans toutes leurs directions, et sa manière est savante et travaillée. Il est, par-dessus tout, habile.

M. Mauguin, par sa longue pratique du barreau, par la spécialité de ses études, par l'aptitude étendue et souple de son esprit, est propre à jeter de vives lumières sur toutes les questions de droit civil et criminel, de commerce, de douanes et de finances, et il sera, quand il le voudra, l'un des députés les plus utiles de la chambre, comme il en est déjà l'un des plus diserts.

. Quelquefois, lorsqu'il s'anime et que, chez lui, le naturel l'emporte sur l'art, il cesse d'être rhéteur, il devient orateur, il s'élève jusqu'à la plus haute éloquence. Alors il fait frémir, pâlir et pleurer sur les déchirements de la Pologne expirante; il crie du fond du cœur, il soupire, il se trouble, il nous émeut. Mais ces effusions de l'âme ne sont pas communes chez M. Mauguin, et elles n'échappent bien qu'à des orateurs plus vrais, plus fougueux et plus irréguliers. M. Mauguin est trop maître de lui-même pour trouver le pathétique qui ne se rencontre que lorsqu'on ne le cherche pas. Mais il manie avec un avantage décidé le sarcasme poignant et l'ironie à lame fine.

· C'est un rude interpellateur que M. Mauguin. Il est fécond, ingénieux, hardi, pres-

sant. Il ne se laisse intimider ni par les ri-
canements ni par les murmures. Il se refroidit de la colère de ses adversaires.

Je l'ai vu beau, lorsque, du haut de la tribune, il luttait contre Casimir Périer, son re-
doutable ennemi. Le ministre, épuisé, hors
d'haleine, lançait sur la tribune les éclairs
de son œil de feu. Il bondissait sur son banc,
il brisait entre ses dents des exclamations en-
trecoupées de menaces. M. Mauguin, de ses
lèvres souriantes, lui décochait de ces traits
qui ne font pas jaillir le sang, mais qui frémissent sous l'épiderme. Il voltigeait autour
du ministre et se posait en quelque sorte sur
son front, comme le taon qui pique le taureau
mugissant; il entrait dans ses naseaux, et Casimir Périer écumait, se débattait sous lui et
demandait grâce.

Résumons l'homme.

Mauvais politique, par insouciance de conviction plutôt que par faiblesse de caractère,
mais excellent orateur, quelquefois à l'égal des
plus grands. Par intervalles, éloquent. Toujours plein, lucide, concis, ferme, incisif. Esprit
à ressources, étendu, pénétrant, flexible. Cal-

culateur serein dans l'orage, maître de ses passions, moins pour les réprimer que pour les conduire, et ne suspendant ses impatiences que
pour mieux affiler et relancer les traits amortis
qu'on lui jette. Homme de grâce et de séduc-
tion, un peu présomptueux, avide de louanges,
et qu'on ne peut, pour tout dire en un mot,
aimer fortement ni haïr.

Imp d'Aubert, paris

ODILLON·BARROT.

ÉTUDE XII.

—

M. Odilon-Barrot.

M. ODILON-BARROT est le rival de M. Mauguin.

M. Odilon-Barrot n'a pas, comme M. Mauguin, l'une de ces figures spirituelles et ondoyantes qui tournent sans cesse sur elles-mêmes, et qui, reflétant l'ombre et la lumière, la force et la grâce, plaisent lorsqu'elles sont peintes, par la variété des ornements et par la vivacité hardie des traits et de la couleur.

M. Odilon-Barrot a plutôt la sagesse imposante et composée du philosophe, que les caprices et la fougue brillante des improvisateurs.

Sa raison, comme un fruit précoce, mais sain, a mûri avant l'âge : M. Nicod était le dialecticien de sa compagnie ; M. Odilon-Barrot en était l'orateur.

Moitié homme de palais, moitié homme politique, M. Odilon-Barrot avait déjà placé son nom, sous la restauration, à côté des noms les plus illustres, et la liberté le comptait avec orgueil parmi ses défenseurs.

M. Odilon-Barrot étudie peu et lit peu, il médite. Son esprit n'a d'activité et ne veille que dans les hautes régions de la pensée. Ministre, il languirait et se laisserait surprendre dans l'application. Il serait plus propre à diriger qu'à exécuter, et il brillerait moins dans l'action que dans le conseil. Il négligerait les détails et le courant des affaires, non pas qu'il y fût impropre, mais il y serait inattentif.

Il répand sa fécondation sur un sujet plus qu'il ne l'en tire. Il n'en cueille que la fleur, il n'en touche que les sommités. Il réfléchit plutôt qu'il n'observe.

Ce qui le frappe d'abord dans un sujet; c'est l'ensemble; et cette manière d'envisager les choses lui vient de l'aptitude particulière de son esprit, de l'exercice de la tribune et des procédés de son ancien métier d'avocat à la cour de cassation. Personne ne sait mieux que lui abstraire et résumer une théorie, et je regarde M. Odilon-Barrot comme le premier généralisateur de la chambre. Il possède même cette faculté à un plus haut degré que M. Guizot, qui ne l'exerce que sur certains points donnés de philosophie et de politique, tandis que M. Odilon-Barrot improvise ses généralisations, avec une remarquable puissance, sur la première question venue. Tous deux sont dogmatiques comme les théoriciens, tous deux affirmatifs, mais M. Guizot davantage; car M. Guizot doute moins que M. Odilon-Barrot. Il prend plus vite son parti, et il mène une résolution tout droit à son but, avec le vif et le raide de son caractère.

M. Odilon-Barrot est honnête homme,

qualité qu'à la honte de notre temps, il faut
bien louer, puisqu'elle est si rare, pas meneur, pas intrigant et guère ambitieux. Sa
réputation politique est belle et sans tache.
S'il n'a point autant avancé dans la route du
progrès que nous le voudrions pour lui et
pour nous, on ne peut pas dire non plus qu'il
. ait reculé. Sa modération n'exclut pas son
dévouement, et sa parole est toujours prête
pour les causes généreuses, toujours au service des opprimés.

M. Odilon-Barrot a de la popularité électorale, mais il n'a pas de popularité populaire.

Il nous paraît bien difficile que M. Odilon-
Barrot ne soit pas intérieurement radical par
sentiment de l'égalité, par expérience de la
monarchie, par conscience de sa dignité
d'homme, par prévoyance de l'avenir. Cependant il fait, même à la tribune, des professions de foi dynastiques assez inutiles, et
l'on prétend expliquer cela en disant que
M. Odilon-Barrot éprouve pour la personne
de Louis-Philippe une sorte d'inclination in-
définissable, qui le captive et le retient. Mais

nous sommes bien sûrs que M. Odilon-Barrot n'aime pas Louis-Philippe *quand même*, à la façon de ses domestiques bariolés de soie et d'or, et qu'il n'hésiterait pas un seul instant, s'il fallait opter entre la patrie et les ordonnances d'un autre juillet.

M. Odilon-Barrot a une physionomie belle et méditative. Son front vaste et développé annonce la force de sa pensée. Son organe est plein et sonore, et sa parole est grave. Il a dans sa mise un peu de recherche, qui ne lui messied pas. Sa pose a de la dignité sans être théâtrale, et ses gestes ont une simplicité noble.

Lorsqu'il parle, il anime, il accentue, il échauffe, il colore son expression, qui est froide et terne lorsqu'il écrit. Sa discussion est solide et savante, forte de moyens, quelquefois ingénieuse, suffisamment ornée et toujours dominée par sa haute raison. Il s'attache moins volontiers, dans une cause, au point de fait qu'au point de droit. Il le prend, le creuse, le retourne, et il en tire tout ce qu'il renferme d'aperçus neufs et de considérations larges et saillantes.

Sa méthode toutefois n'est pas sans défaut. Il s'embarrasse assez souvent parmi les lenteurs de son exorde. Il s'égare aussi dans l'étendue de ses pensées et il renoue péniblement leur fil lorsqu'il se brise. De même, il ne précipite pas assez vite ses harangues vers leur fin. Peut-être, au surplus, ce défaut me choque-t-il plus qu'un autre, parce que j'aime par-dessus tout les discours substantiels et serrés. Je dois convenir cependant que M. Odilon-Barrot est plus abondant que diffus, et il y a du plaisir à aller avec lui à la chasse des idées, tandis que les rhéteurs vulgaires ne poursuivent et n'abattent que des phrases.

Il y a certains orateurs qui trouvent des effets dans le choc soudain et inattendu des mots, des figures saisissantes dans leur imagination, des scintillations dans le reflet de leur esprit. Mais si M. Odilon-Barrot se laisse aller quelquefois à des mouvements passionnés, ils sortent de son âme remuée profondément par le sentiment de l'injustice, par l'indignation d'un honnête homme. Cette éloquence du cœur vaut bien celle de l'art.

M. Odilon-Barrot est plus raisonneur qu'ingénieux, plus dédaigneux qu'amer, plus tempéré que véhément. Son regard ne jette pas
assez de flamme. On ne sent pas assez sa poitrine se soulever et son cœur bondir contre
l'oppression de l'arbitraire. Trop souvent sa
vigueur s'affaisse et tombe, et son arme lui
est lourde avant la fin du combat. Maître de
ses passions et de sa parole, il calme en lui
et autour de lui la colère des centres et les
soulèvements orageux de la gauche. Il pré-
pare, il couvre la retraite, dans les pas difficiles, avec l'habileté d'un stratégicien con-
sommé; c'est le Fabius Cunctator de l'Opposition.

Malheureusement, cette tactique de temporisation, lorsqu'elle est trop souvent ré-
pétée, amollit les courages parlementaires
qui ne sont pas déjà bien osés. Le rôle de
l'Opposition n'est pas de se cacher derrière
les bagages de l'ambulance, mais de se porter vivement sur le front de bataille. Quand
le peuple ne voit pas les soldats de la liberté
monter sur la brèche et faire feu, il s'attié-

dit, bâille, se détourne et s'en va à d'autres spectacles.

Les orateurs sont les enfants gâtés de la presse, et comme les enfants gâtés battent leur nourrice, les orateurs font à la tribune bon marché de la presse. C'est bien aussi la faute de celle-ci, tant opposante que ministérielle, car vous la voyez se récrier à chaque mot qui tombe de la bouche de ses héros parlementaires, et les recueillir bien précieusement dans ses linges les plus fins, pour autant de reliques vénérables et saintes. Il n'y a peut-être pas un seul de nos orateurs à qui l'on n'ait répété cent fois qu'il était beau, sublime, admirable, et qui, tout enfumé de louanges, ne se croie en effet une petite merveille d'éloquence, allant de pair à pair avec Démosthènes. Etonnez-vous maintenant s'il prend à ces messieurs des bouffées de vanité incroyables, et si la tête leur tourne sous le vent de ces adorations. Moi-même, malgré cette misanthropie un peu noire qu'on me reproche, j'ai donné dans ce travers de la presse et j'ai trop modéré la fou-

gue et le feu de mes pinceaux. A la vérité,
ce ne serait qu'un petit mal d'exalter le mérite oratoire de nos discoureurs, ce serait tout
au plus une faute de goût. Mais il y a quelque chose de grave dans ces sortes d'engoue-
ments; en effet, nous avons vu de si mira-
culeux retours d'opinion, qu'on ne saurait
trop se tenir en garde contre la probité politique des plus illustres de nos parlementaires. On doit toujours craindre qu'ils ne
cherchent à s'accommoder avec le Ciel, et
qu'ils ne nous fournissent, à l'exemple de
M. Thiers, l'édification de les voir un jour
invoquer à deux genoux la divine Providence. Il faut donc leur serrer le mors fort
près de la bouche et ne pas leur ménager les
coups d'éperon, lorsqu'ils s'arrêtent et fai-
blissent sur leurs jambes en beau chemin,
ni même les coups de fouet, lorsqu'ils donnent des ruades à la liberté.

C'est un malheur pour M. Odilon-Barrot
de n'avoir pas auprès de lui un seul ami,
c'est-à-dire un seul homme qui lui dise la
vérité. On nous le gâtera à force de révérer
son éloquence et ses vertus. On lui en souf-

fle tant qu'il en sera bientôt enflé et rebondi.
On ira jusqu'à lui faire accroire que les conséquences qu'il demande s'accordent toujours exactement avec les principes qu'il n'a
point, que ses vagues théories ne s'évapo-
rent pas en nuages, et que sa modération
ne tombe jamais dans les langueurs de l'impuissance.

Qui ne se souvient de l'Opposition de
quinze ans? Rare mais serrée, la nuit, le
jour, elle veillait, s'armait, marchait, com-
battait. Elle n'attendait pas que le péril vînt
au-devant d'elle, elle courait au-devant de
lui. Un ministre n'avait pas achevé de vio-
ler le domicile du citoyen le plus obscur,
qu'il était pris sur le fait, dans le flagrant
délit, et interpellé. Une liberté, si petite
qu'elle fût, n'était pas menacée qu'elle était
déjà défendue. Un acte arbitraire était à peine
commis par le pouvoir, qu'il était déjà dé-
noncé par l'Opposition. Un trait patriotique,
un dévouement libéral était à peine connu,
qu'il recevait sa couronne populaire. Tous
les députés de la gauche étaient solidaires
de pensées, de doctrines, de votes et d'ac-

tion. C'était le bon temps du parti, le temps
de la jeunesse et de l'espérance !

Au contraire, l'Opposition dynastique marche aujourd'hui divisée sous des chefs mal
unis. Elle ignore ce qu'elle veut et où elle
va. Elle a plutôt des dégoûts que des espérances, et des répugnances que des principes. Elle est débordée par l'Opposition extra-
parlementaire dont la brillante étoile se lève
et va guider les nouvelles générations vers
de nouveaux rivages. Elle ne se ranime, elle
ne se rafraîchit plus aux sources de l'inspi-
ration populaire. On dirait qu'elle porte sur
son front la tache de son péché originel, de
cette grande usurpation qu'elle a commise
sur la souveraineté du peuple, et que, désespérée, repentante, lasse des autres et d'elle-
même, elle voudrait cacher à tous les yeux
et traîner dans la solitude ses remords et sa
douleur.

Elle ne sait pas même jusqu'où elle s'avance
vers les centres, dont le tiers parti lui barre
le chemin, ni où elle s'arrête vers l'extrême
gauche. Elle ne peut, elle ne sait ni se définir
elle-même, ni se compter, ni se conduire, n

se faire conduire, ni où elle plantera son drapeau, ni sous quel pavillon elle se reposera, ni quel est le mot d'ordre, ni quel jour on donnera la bataille, ni pour quelle cause, ni qui commandera. A-t-elle deux chefs? N'en a-t-elle qu'un? Est-ce Odilon-Barrot? Est-ce Mauguin? Si Odilon-Barrot veut prendre le commandement, Mauguin dépité, comme un autre Achille, boude dans sa tente, livrant les Grecs aux flèches d'Hector et au courroux des Dieux. Nulle réunion, nulle combinaison, nul plan, nul système. Odilon-Barrot est trop absorbé dans ses rêvasseries politiques pour discipliner ses troupes. Mauguin est trop aventureux pour qu'elles se confient au caprice de ses destins. L'un est trop abstrait, l'autre trop léger. Il ne peuvent pas être soldats, ils ne savent pas être chefs.

L'opposition dynastique agit avec une lenteur de mouvements, une circonspection de périphrases, et une surabondance de précautions académiques qui ne vont pas au caractère français. On est toujours tenté de dire à ses orateurs : Au fait! arrivez au fait!

Elle n'attaque pas, elle résiste. Elle disserte et n'argumente point. Elle complimente le ministère sur ses bonnes intentions, tandis qu'il pèche encore plus par l'intention que par le fait. Elle débute par le courroux pour finir par le dégoût. Elle s'arrête au milieu des conséquences, de peur du principe. Elle ne dit pas d'une institution fausse qu'elle soit fausse, mais qu'elle est mal appliquée. Elle voudrait d'une monarchie sans les conditions de la monarchie, et elle demande ce que la république seule peut donner, tout en se défendant de vouloir la république. Les forts se fâchent de son peu d'énergie. Les faibles, eux-mêmes, craignent en s'appuyant sur elle qu'elle ne fléchisse. Sa temporisation n'est que de l'inertie, et sa modération n'est que de l'impossibilité.

Comme elle ne sait pas, elle-même, ce qu'elle veut, les patriotes du dehors ne savent pas ce qu'ils doivent vouloir. L'opinion s'en va en fumée, et le progrès s'encloue. Chaque session se passe à entendre des discours fort beaux, peu concluants, à trois semaines de là enterrés dans l'oubli. Qui s'en souvient et que disaient-ils? C'est là l'éternelle question.

Vous avez vu ces mauvaises herbes qui poussent dans les fentes d'un mur; il est bon qu'elles soient un peu agitées par le vent pour que leurs filaments s'affermissent. Il en est de même du ministère; les molles et bruissantes attaques de l'opposition, au lieu de l'ébranler, l'enracinent.

Un autre reproche que j'adresserai à l'opposition dynastique, et celui-ci est grave, c'est de ne s'occuper ni de l'instruction ni de la moralisation du peuple. De la phraséologie constitutionnelle, elle en dépensera, en chambre, tant qu'on voudra, mais d'écus et de temps au dehors, point. On ne la voit à la tête d'aucun établissement intellectuel. Elle ne dirige rien, ne centralise rien, ne vivifie rien. La session close, chacun d'eux prend sa volée vers le clocher de son endroit, rentre dans son nid et s'y blottit chaud et reposé jusqu'à la saison des orages parlementaires.

Le beau langage est assurément une très-belle chose, mais les bonnes actions valent encore mieux. Le peuple se dit : « L'opposition ne croit pas que nous valions la peine qu'on nous confie, à nous pauvres et stupides hères, le droit d'élire et d'être élu. Elle ne se dévoue pas non plus à nous moraliser et à nous instruire, et alors à quoi nous sert l'opposition? Que nous importe, à nous, s'il y a un roi, qui règne de Pierre ou de Jacques, puisque nous n'avons aucune prétention à régner? Que nous importe à nous, qui sera ministre, puisque nous n'avons aucune prétention à être ministre. Ç'a été sans doute un grand bonheur pour l'opposition dynastique, puisqu'elle le dit, qu'il y ait eu une révolution de juillet, mais pour nous, jusqu'ici du moins, nous ne nous en apercevons guère. »

Je me suis aussi demandé souvent, non pas pourquoi je ne partagerais pas les opinions de M. Odilon-Barrot, mais pourquoi il ne partagerait pas les miennes. Si je tenais M. Odilon-Barrot dans un coin du confessionnal, je suis sûr qu'entre ma pensée et sa pensée il n'y aurait pas l'épaisseur d'un cheveu. Mais, hors du confessionnal, ce n'est plus la même chose. Odilon-Barrot, comme tant d'autres grands et sincères patriotes, a commencé par servir ce gouvernement du 7 août, qui depuis......

Or, il y a certains précédents qui expliquent certains ménagements et qui vous placent, malgré vous, dans des situations inconséquentes d'où, quoique vous fassiez, vous ne pouvez plus sortir. Mais nous, qui avons eu le bonheur de ne pas accepter les grosses faveurs et les gros emplois qu'on nous jettait à la tête, nous qui n'avons pas été souillés des attouchements impurs du ministère, nous ne sommes pas disposés, pour notre compte, à continuer la comédie des quinze ans. Nous savons que les gens disent, les uns que nous sommes des maladroits et les autres que nous sommes des dupes ; ceux-ci que nous sommes des ambitieux, ambitieux de quoi? et ceux-là des utopistes, des carlistes, des anarchistes, des agrairistes et tout ce que vous voudrez. Avec quelques mouches et un peu de fard sur les deux joues, nous pourrions obtenir à la fois les bonnes grâces des électeurs et les caresses du pouvoir. Mais nous jouerions un indigne rôle que certes nous ne jouerons pas.

Nous savons très-bien que nous ne devons nous attendre qu'à être conspués, moqués, persifflés, calomniés, persécutés pour l'amour de la liberté; et ce qu'il y a de pis, à être méconnus des soupçonneux et incompris des ignorants que nous défendons. Mais il y a une si grande puissance d'attraction dans la vérité, il y a une satisfaction de conscience si noble et si pure à défendre la cause du peuple, que les plus grands sacrifices nous paraîtraient de bien légers sacrifices et que toutes les joies du monde n'ont rien de comparable à cette joie là !

La différence qu'il y a entre M. Odilon-Barrot et nous, c'est que nous voulons les conséquences de notre principe, au lieu qu'il ne veut pas le principe de ses conséquences. Une autre différence, c'est qu'il ne veut pas de nous, et que nous, au contraire, nous voulons de lui. Nous en voulons pour voir enfin résoudre cet insoluble problème d'une monarchie qui danserait sur la corde, sans balancier.

C'est un regret, un regret de cœur pour

moi qui l'estime et qui l'aime, et il le sait bien et depuis vingt ans, de ne pouvoir être avec lui, et de me voir obligé, peut-être quelque jour, à être contre lui; ce qui fait que par patriotisme je désire qu'il arrive, et que par affection je le retiendrais.

Au surplus, c'est une question qui n'a pas encore été résolue pour beaucoup de gens, que celle de savoir si l'existence d'une opposition dynastique dans la chambre des députés n'a pas plutôt desservi que servi la cause de la liberté. En effet, par sa présence, elle fait croire encore à la présence d'un gouvernement libre, et le semblant de sa résistance donne aux mesures les plus arbitraires un semblant de légalité. Elle n'est point faite, par le drapeau qu'elle arbore et par la trempe de ses armes mal forgées, non-seulement pour attaquer, mais encore pour se défendre. Elle a aidé l'usurpation, et elle périra par l'usurpation. Elle a consenti à être l'expression du monopole, elle ne peut donc être l'organe du droit, et sans le droit, il n'y a pas de puissance, et sans le droit, il n'y a pas d'avenir.

Regardez-la, cette opposition dynastique, et voyez ce qu'elle fait.

La voilà mollement assise sur le rivage! Elle s'amuse à jeter des grains de sable dans le torrent contre-révolutionnaire qui passe et qui les emporte.

ÉTUDE XIII.

—

M. Dupont de l'Eure.

Espèce de Romain, mais des meilleurs temps de la vieille Rome. Honnête sans ostentation et sans pruderie. Républicain par ses principes, par ses mœurs, par son caractère et par ses vertus. Autre paysan du Danube, simple, franc, brusque jusqu'à la rudesse, incommode aux flatteurs, plaidant à la cour et dans un sénat corrompu la cause de l'épargne et de l'égalité. Jugement à visière droite, et qui ne se laisse pas arrêter sur son chemin

par les belles phrases, le sophisme des para-
des et l'hypocrisie des protestations. Esprit
qui brille à un aussi haut point par l'exquis
de son bon sens, que d'autres par l'éclat de
leur éloquence. Personnage rare dans tous
les temps, dans un temps surtout où les apostats de l'honneur et de la liberté marchent
effrontément dans le mépris et posent eux-
mêmes sur leurs fronts des couronnes d'or.
Homme enfin auquel il n'aura manqué, pour
que sa vertu eût je ne sais quoi de parfait et
d'achevé, qu'un peu de proscription, que cependant je ne lui souhaite pas.

ÉTUDE XIV.

—

M. Garnier-Pagès.

LE parti démocrate, qui siége sur les bancs extrêmes de la gauche, a ses inconséquences comme les autres partis, et si j'en voulais faire l'autopsie, on verrait bientôt de combien de maladies son pauvre corps est travaillé. Il y en a qui se contenteraient de changer encore une fois de roi, pour essayer si cela irait peut-être mieux; d'autres voudraient tout de suite la république; d'autres la voudraient, mais plus tard. Ceux-ci enfin

Imp d'Aubert paris.

GARNIER-PAGÈS.

désireraient que l'on consultât le pays, qui n'a jamais été véritablement consulté depuis bientôt une quarantaine d'années, et qu'on fît ce que déciderait la majorité des citoyens.

La vérité est qu'il n'y avait pas dans l'ancienne chambre et qu'il n'y aura pas dans la nouvelle, un seul député d'aucune opinion qui soit conséquent.

Demandez aux ministériels, aux gens du tiers-parti et aux dynastiques, s'ils croient représenter sincèrement le pays; ils vous répondront que cela va sans dire, puisque le pays n'a pas réclamé contre leur charte et contre leurs lois, et que, *qui ne dit mot consent.*

A cela, je répliquerai à mon tour que les Turcs ne s'avisent pas non plus de réclamer contre les firmans de sa hautesse le sultan Mahmoud, ce qui ne prouve pas du tout que les Turcs soient libres, ni qu'ils aient le moindre goût pour le régime de la bastonnade et du pal. Voilà qui est, en effet, un peu singulier de vous dire : si vous ne réclamez pas, vous serez censés consentir; mais si vous réclamez, on vous enfermera provisoirement à la Conciergerie, d'où vous sortirez en compagnie de voleurs, pour vous rendre, en compagnie de gendarmes, à la prison de Clairvaux, où, logé entre quatre murailles, vous pourrez, si la fantaisie vous en reprend, réclamer là tout à votre aise.

Ce sont de bien honnêtes gouvernements et de bien véridiques représentations que les gouvernements et les représentants du, *qui ne dit mot consent !*

Demandez aux légitimistes, qui prennent le serment dans le sens religieux, s'ils se trouvent fort à l'aise de mettre leur main dans la main de Louis-Philippe, tandis que leurs cœurs sont à Prague; ils vous répondront bravement qu'ils siégent en vertu de la souveraineté du peuple.

A cela, je répliquerai à mon tour que, pour invoquer la souveraineté du peuple, il faudrait la reconnaître; qu'on ne peut servir deux maîtres, adorer deux dieux, se dire le sujet de deux rois, et tenir pour deux principes contraires, pour la légitimité et pour l'usurpation. Toutes les explications possibles ne donneront pas à cette position forcée ce qui lui manque de net et de logique.

Enfin, demandez aux hommes de l'extrême gauche s'ils ne se sentent pas un peu gênés par le serment; ils vous répondront que le serment politique n'est qu'une simple formalité; qu'il n'oblige ni à servir ni à aimer celui-ci ou celui-là; qu'il ne lie pas d'un lien plus fort envers le prince, la charte et les lois, les députés qui le prêtent que les citoyens qui ne le prêtent pas; et, si vous insistez, si vous demandez pourquoi ils font, eux que le pays n'a point nommés, des lois qui imposent le pays, ils vous répondront que ces lois seraient encore plus mauvaises, s'ils n'y mettaient pas la main.

A cela, je répliquerai à mon tour que l'excuse atténue le fait sans changer le fait, et que l'infidélité organique de la représentation n'est pas couverte par la nécessité de ses conséquences.

Il résulte de tout ceci, comme je viens de le dire, qu'il n'y a pas un seul député, à quelque opinion qu'il appartienne, qui ne soit anti-logique, et que c'est pour cela peut-

être que cette chambre, qui renfermait indi-
viduellement tant et de si grands talents, était
si terne de couleur, si molle de fibre, si af-
faissée de tous ses membres, si défaillante
et si épuisée qu'elle n'avait pas même la
force d'avorter, n'ayant pas la force de produire. Tous les partis sans exception y faisaient faute au grand principe de la souveraineté du peuple, et ensuite chaque parti
faisait faute à ses propres principes. Je dis
qu'il n'y a rien de plus sot et de plus faux
au monde qu'une pareille situation.

Il fallait voir les puritains se donner un
mal incroyable, se tordre les mains dans
leur pantomime, se plier et se replier en cent
contours oratoires, pour faire entendre à
demi-voix qu'une autre forme aurait du
bon. Mais à quoi servent ces efforts de style,
ces synonimies, ces tours d'adresse parlementaire? Espère-t-on donner le change aux
députés du centre? Leurs oreilles sont longues et fines. Elles se dressent au moindre
mot qui les chatouille et qui les pince. On
ne modifie point, d'ailleurs, la forme d'un
gouvernement avec une allusion de tribune.

Trois lignes de la presse en diront toujours plus sur ce sujet, qu'un beau discours long d'une heure.

Ce serait se faire illusion que d'espérer en la chambre nouvelle. Elle sera ce qu'elle doit être, ministérielle, ministérielle quand même, remplie jusqu'aux bords de fonctionnaires salariés, stationnaire sinon rétrograde, jouet de toutes les peurs, impuissante au bien, prodigue de nos écus, digne fille, en un mot, du monopole électoral. Elle ne fera rien pour le progrès social; elle ne donnera pas la réforme; elle ne rapportera pas les lois de septembre. Quinze ou vingt puritains tout au plus s'y feront jour, pas davantage; qu'on les compte et l'on verra! Il faut avoir les yeux de nos ministres, de ces yeux qui centuplent la grosseur des objets, et qui, d'un grain de sable font un œuf, pour ne pas voir cela. Cette chambre mourra bientôt d'impuissance comme sa devancière, et ce sera toujours à recommencer, jusqu'à ce que tous les Français soient universellement appelés dans les colléges.

En attendant, les radicaux parlementaires,

13

si faibles aujourd'hui, si nombreux dans l'avenir, continueront, je l'espère bien, à être surtout représentés dans la nouvelle chambre par un jeune orateur, M. G. Pagès.

Homme d'une vie intègre et pure, de manières affectueuses et simples, et d'un républicanisme sévère sans être extravagant ; fidèle à ses antécédents, désintéressé, courageux, et l'une des notabilités les plus pures de la révolution de juillet. Tel est l'homme moral et politique.

Orateur, il brille par l'ordonnance sage et mesurée de son plan, la vigueur de sa dialectique et la prestesse ingénieuse et fine de ses réparties.

Il manque peut-être un peu de cette véhémence oratoire qui tient, plus qu'on ne pense, à la puissance des poumons et à la coloration du visage. Mais dans une assemblée sérieuse, dans un gouvernement d'affaires, l'homme véritablement éloquent n'est pas celui qui a de l'éclat, de la passion, des larmes dans la voix, mais celui qui discute le mieux. Or, M. G. Pagès est un homme de discussion. C'est la raison même, assaisonnée d'esprit.

M. G. Pagès a un talent tout-à-fait parlementaire. Il ne dit que ce qu'il veut dire, et, comme un nautonnier habile, il conduit sa parole et ses idées à travers les écueils dont sa route est semée, sans y toucher, sans faire naufrage. Les ministériels voudraient qu'il s'y brisât, et le silence qu'ils lui accordent n'est que le désir de le voir se perdre et s'enfoncer; mais il se tire du péril avec un bonheur et une subtilité d'à-propos qui déjouent leurs espérances.

Les hommes rassemblés, chambre ou peuple, aiment ce qui les séduit, ce qui les éblouit, ce qui les émeut, ce qui les frappe, ce qui les entraîne. Ils ne tiennent pas assez compte de la justesse des pensées, de la propriété des termes, de l'enchaînement du discours. M. G. Pagès ne séduira pas les hommes légers, mais il plaira aux hommes graves, car il est plus solide que brillant. Il ne s'attache pas tant au mouvement des idées qu'à leur suite, et à la pompe des mots qu'aux choses que ces mots expriment. Sa discussion est serrée et substantielle. Il déduit nettement ses propositions les unes des autres, en commençant par les principales pour arriver aux secondaires, et ses raisonnements se pressent et s'unissent, sans se confondre. Je n'hésite pas à dire, et sous ce rapport, je crois un peu m'y connaître , que M. G. Pagès est l'un des meilleurs dialecticiens de la chambre.

M. G. Pagès a infiniment de grâce spirituelle et enjouée. Sa conversation abonde en traits plaisants, fins et épigrammatiques, sans être blessants.

De tous les membres de la gauche, il est le seul qui soit propre, n'était qu'il est radical, par l'habileté de sa tactique, à réunir les membres de l'opposition, à rapprocher, à fondre les dissidences, à coaliser les volontés, à les discipliner et à les mener au combat.

Ou je me trompe , ou par la nature de son talent, il ferait un bon ministre : et ne croyez pas que je me plaise à lui ménager une candidature et que je sois pressé de le peindre déjà avec un porte-feuille rouge sous le bras et des broderies d'or à son collet ; je dis seulement qu'il en aurait le talent et non le désir.

Oui, M. G. Pagès aurait les qualités pro-

près à un ministre : un coup-d'œil rapide
qui va droit au fond des choses; un esprit
juste qui ne se laisse pas dominer par l'imagination; une dialectique vive, exacte et
serrée; un esprit éminemment propre aux
affaires, fécond en ressources, prompt d'expédients, vaste dans l'organisation, actif et
persévérant dans les moyens.

Un jour, cette gauche radicale, maintenant
silencieuse et glacée, secouera les liens du
monopole qui la retiennent. Un jour, des
sources fécondes du suffrage universel s'élan-
ceront des orateurs populaires au front libre,
et dont la brûlante parole répandra autour
d'eux la flamme et la vie. Un jour, il sera
permis de discuter les théories fondamenta-
les du gouvernement, dans une assemblée nationale et constituante. Un jour, le peuple lui-
même posera, par les mains de ses véritables
représentants, les larges assises du temple de
la liberté. Mais, à l'heure actuelle, sans être
aussi grande qu'elle pourrait l'être, la tâche
des députés démocrates est encore assez
belle.

C'est un droit pour eux de réclamer toutes

les conséquences du principe de la souveraineté du peuple. Au dehors, indépendance ;
au dedans, liberté, égalité, instruction, économie ; ces thèses-là comprennent tout ; c'est
là tout le député. Il ne doit pas se murer
dans une taciturnité chagrine et désespérée.
Qu'est-ce qu'un soldat qui se cacherait dans
sa tente, au lieu de combattre sous le soleil, à
la tête du camp? Le devoir des hommes du
droit est de répandre la vérité devant les hommes d'abus, dussent les hommes d'abus en
fouler sous leurs pieds la semence! Mépris et
murmures, calomnies et outrages, ils doivent
tout souffrir pour le pays. Si le pays ne les
comprend pas, ne les appuie pas, ne s'en souvient pas, tant pis pour le pays, et non pas
tant pis pour eux!

Il ne faut donc pas s'en venir dire, comme
un publiciste radical de mes amis et, grâce à
moi, bien connu, qu'il ne sait pas improviser ;
qu'il manque de mémoire ; que les murmures du centre étoufferaient sa voix ; qu'elle
n'aurait pas d'écho ; que les discours écrits
sont froids, compassés, bons à être lus, non à
être écoutés ; que l'amour-propre de l'écri-

rain souffrirait de la faiblesse de l'orateur ;
que l'écrivain résume et que l'orateur développe ; que l'écrivain est fastidieux, s'il se répète, et que l'orateur est incompris, s'il ne se
répète pas ; qu'ainsi, les qualités du publiciste
et de l'improvisateur s'excluent, et autres
prétextes.

Il ne s'agit pas, monsieur, de savoir si votre amour-propre souffrirait de ce que vous
ne diriez pas la vérité en beau langage, mais
si vous n'êtes pas tenu de la dire en quelques
termes que ce soit, et si vous ne devez pas
prendre moins de souci de votre réputation
que du bien de votre pays. Si vous n'avez
rien de bon à dire, taisez-vous ; mais si votre
conscience vous oppresse, déchargez-la. Aussi
bien, vous imagineriez-vous par hasard que
vous ne serez pas puni de votre silence
comme de vos paroles, que votre maison n'a
pas été déjà marquée à la craie par les sbires
du pouvoir, et que vous ne passerez pas sous
les fourches de la proscription ! Allez et ré-
jouissez-vous, si vous devez souffrir pour la
bonne cause. Sachez, monsieur, que le champ
de la liberté, avant qu'il ne produise les fécon-

des moissons de l'avenir, a besoin longtemps
encore d'être arrosé des larmes et du sang de
ses défenseurs!

Non, les députés de l'extrême gauche ne
peuvent rester les bras croisés, lorsque la société, travaillée par l'égalité du radicalisme,
est en marche vers un avenir meilleur, mais
inconnu. Qu'ils se lèvent, qu'ils parlent,
qu'ils proclament sans cesse le principe de la
souveraineté du peuple. Le despotisme d'un
seul ou de plusieurs se pétrifie devant cette
autre tête de Méduse. La souveraineté du
peuple est la révolution endormie. Despotes,
ne la réveillez pas!

La souveraineté du peuple est le principe
de la liberté fondée sur l'égalité politique,
civile et religieuse. La souveraineté du peuple est le principe de l'ordre fondé sur le respect des droits de tous et de chacun. Elle
n'est la plus belle des théories que parce
qu'elle est la plus vraie. Elle n'est la plus con-
solante, que parce qu'elle ne laisse aucun
malheur sans secours, ni aucune injustice
sans réparation. Elle n'est la plus sublime,
que parce qu'elle est l'expression de la vo-.

lonté du peuple. Elle n'est la plus féconde, que parce qu'il n'y a pas une perfectibilité qui ne découle d'elle. Elle n'est la plus vivace, que parce que, s'il y a eu toujours des hommes rassemblés en société, elle n'aura pas eu de commencement, et que s'il y en a encore toujours par la suite, elle n'aura pas de fin. Elle n'est la plus naturelle, que parce qu'elle n'est autre que la loi de la majorité qui, à leur insu, gouverne les sociétés libres. Elle n'est la plus noble, que parce qu'elle est la seule qui réponde à la dignité de la nature humaine. Elle n'est la plus légitime, que parce qu'elle est la seule qui rende raison de l'alliance du pouvoir avec la liberté, et qui fasse que l'un soit respectable et l'autre possible. Elle n'est la plus raisonnable, que parce qu'il y a présomption que plusieurs ont plutôt raison qu'un seul, et tous que plusieurs. Elle n'est la plus sainte, que parce qu'elle est la réalisation la plus parfaite de l'égalité symbolique de tous les hommes. Elle n'est la plus philosophique, que parce qu'elle détruit les préjugés de l'aristocratie et du droit divin. Elle n'est la plus logique, que

parce qu'il n'y a pas une objection sérieuse
qu'elle ne puisse résoudre, ni une forme de
gouvernement à laquelle elle ne puisse se
plier, sans altération de son principe. Enfin
elle n'est la plus magnifique, que parce que
du tronc immense de la souveraineté du peuple, sortent à la fois toutes les branches de
l'arbre social, chargées de sève et d'ombrages,
de fruits et de fleurs.

Imp. d'Aubert, paris

LAFAYETTE.

ÉTUDE XV.

—

Lafayette.

L'opinion a ses préjugés. Ainsi, il a été dit de trois personnes libérales, de Laffitte, de Dupont (de l'Eure) et de Lafayette, que Laffitte ne faisait pas lui-même ses discours, que Dupont (de l'Eure) était seulement un bon homme et que Lafayette n'était qu'un niais.

Or, Laffitte est l'esprit financier le plus vaste et le plus lucide de notre temps; le bon sens de Dupont (de l'Eure), au point qu'il l'a, serait la hache de plus d'un discours. Mais Lafayette n'a été qu'un niais; oh! très-niais, je l'avoue; il a cru, comme une foule de niais que nous avons été avec lui, aux promesses de la gouvernocratie de juillet.

Il s'est imaginé, le niais, qu'il se rencontre-
rait des rois qui ne ressembleraient pas à tous
les autres rois; que l'on aimerait la liberté,
parce que l'on chevroterait du gosier quelqu'air de bravoure en son honneur; que nous
étions revenus à l'âge d'or; qu'on devait laisser flotter les rênes sur le dos du pouvoir et
qu'il saurait bien se brider lui-même. Depuis, quand il vit que l'on continuait à jouer
la même pièce sur le grand théâtre, et qu'on
n'avait fait, pour tout changement de décora-
tion, que mettre un coq à la place d'un lys,
il se repentit, il pleura amèrement, il se
frappa la poitrine et il s'écria qu'il avait été
dupe et non dupeur. Non dupeur, je le crois
bien, mais c'était trop pour Lafayette d'avoir
été dupe.

Il y a peu d'hommes à qui la Providence
ait donné l'occasion et les moyens de régéné-
rer leur patrie et d'y fonder la liberté. Perdre
cette occasion, c'est être coupable envers son
pays.

Lafayette a commis deux grandes fautes
dont la postérité ne l'absoudra pas.

En faisant à Napoléon, après Waterloo,

une opposition de tribune et de cabinet, il divisa nos forces et il aidait par là, sans le vouloir, au démembrement de la France. Il ne comprit pas, comme le grand Carnot, que Napoléon seul pouvait alors sauver la patrie et que l'indépendance nationale doit tellement remplir l'âme d'un citoyen que (si l'on peut comparer les petites choses aux grandes) je n'hésiterais pas moi-même, malgré mes répugnances pour parler comme Manuel, à me ranger derrière un certain personnage, s'il m'était bien démontré que le personnage pourrait seul, dans telle circonstance donnée, empêcher l'asservissement et le partage de la France. Car, avant toute liberté, avant toute forme de gouvernement, avant toute organisation sociale et politique, avant tout homme intérieur, avant toutes choses, le salut de la nation!

La seconde faute de Lafayette fut sa faute de juillet.

L'empire était vacant. Lafayette régnait le troisième jour sur Paris et Paris sur la France. Trois partis délibéraient : je n'ai pas besoin de les nommer. On sait ce qu'attendaient

l'armée, la jeunesse et le peuple. Mais Lafayette se laissa tournoyer entre les mains des
orléanistes. On fit jouer devant les yeux du
vieillard les reflets du drapeau tricolore; on
lui prit les mains, on les couvrit de baisers;
on l'étourdit des mots sonores de 89, de Jemmapes, de Valmy, d'Amérique, de liberté,
de garde nationale, de monarchie républi-
caine, citoyenne, bourgeoise, transatlan-
tique, et que sais-je? Bref, en place de Grève
et devant le peuple, on le mit sous le gobelet
et on l'escamota.

Lafayette, avec sa candeur d'enfant, ne s'a-
visa pas qu'il avait affaire à des roués plus
roués que ceux de la régence. Quand les patriotes lui confiaient leurs alarmes, Lafayette
portait la main à son cœur et il répondait sur
sa fidélité à la liberté, de la fidélité des autres.
Dans son déplorable aveuglément, il laissa
tout faire à la majorité de la chambre, qui
n'avait rien fait, et il ne laissa rien faire au
peuple qui avait tout fait. Si les patriotes n'a-
vaient pas cru à la parole de Lafayette, qui répétait naïvement ce qu'on lui disait, on aurait arrangé les choses d'une toute autre ma-

nière, et il ne me serait pas aujourd'hui défendu, de par les lois de septembre, de faire l'histoire de ce drame où les gens de la chambre furent tous acteurs ou comparses, et que personne ne pourrait écrire avec plus de vérité que moi, pnisque l'on jouait la pièce dans les coulisses où j'étais et que, seul, je ne jouai point.

O comédiens, comédiens, s'écria Lafayette, lorsqu'on l'eût arraché de la scène et mis à la porte, comédiens, vous travestissez la liberté! ce n'est pas elle que j'avais rêvée et que j'ai servie; ce n'est pas elle, je ne la reconnais plus! Les comédiens de juillet se moquaient bien de ses plaintes; ils avaient chaussé le cothurne. Ils promenaient sur le théâtre leur épitoge de soie et de pourpre. On ne voyait briller à leurs doigts, au lieu du poignard du carbonarisme, que des anneaux d'or. Ils récitaient, la couronne au front, de pompeuses déclamations contre le monstre de l'anarchie, et ils se faisaient applaudir de la foule imbécille.

Lafayette manqua, dans ce moment fatal et décisif, de caractère et de génie, et à tout prendre, il eût mieux valu pour lui et pour nous qu'il n'y fût pas. Mais son illusion ne dura qu'un jour. Personne ne vit plutôt et plus loin que lui où l'on nous menait, et il est vrai de dire que l'histoire n'offre pas un second exemple d'une tromperie plus cauteleuse et d'une trahison plus ingrate, exercée sur un plus noble vieillard.

Lafayette n'était pas orateur, si l'on entend par oraison ce parlage emphatique et sonore qui étourdit les auditeurs et ne laisse que du vent dans leur oreille. C'était une manière de conversation sérieuse et familière, grammaticalement incorrecte si vous voulez, et un peu surabondante, mais coupée d'incises et relevée par des tours heureux. Pas de figures ni d'images colorées, mais le mot propre, le mot juste qui exprime l'idée juste; pas de mouvements passionnés, mais une parole émue par l'accent de la conviction; pas de logique forte, pressante, travaillée, mais des raisonnements tout unis qui s'enchaînaient sans effort l'un à l'autre, et qui sortaient naturellement de l'exposition des faits.

Lorsqu'il montait à la tribune et qu'il disait : je suis républicain , personne n'était tenté de lui demander : mais que dites-vous donc là , et pourquoi le dites-vous ? Chacun sentait bien que l'ami de Washington ne pouvait ne pas être républicain.

Il avait son franc parler sur les rois de l'Europe, qu'il traitait sans façon de despotes; il échauffait contre eux, dans sa vaste propagande, tous les foyers de l'insurrection populaire. Il ouvrait aux opprimés de tous les pays sa maison , sa bourse et son cœur. Il se raidissait à la tribune, contre le lâche abandon des Romagnols et des Polonais. Alors, son indignation débordée coulait à longs flots; sa vertu lui tenait lieu d'éloquence et sa parole, ordinairement enjouée, s'armait de feux et d'éclairs.

Lafayette avait plus que des idées , il avait des principes , des principes fondamentaux auxquels il tenait avec une opiniâtreté indéracinable. Il voulait la souveraineté du peuple en théorie et en pratique, et, en effet, c'est là tout.

Mais il ne se souciait pas plus de la tyrannie de tous que de la tyrannie d'un seul. Il

14

mettait le fond avant la forme, la justice avant les lois, les principes avant les gouvernements et le genre humain avant les nations. Il voulait des minorités libres sous une majorité triomphante.

Quand les plus forts caractères pliaient, quand les plus beaux génies passaient, l'un après l'autre, sous les fourches triomphales de Napoléon et que la nation, folle de gloire et de conquêtes, courait au-devant de son char, Lafayette résistait à l'entraînement des choses et des hommes, sans violence envers les autres et sans débat avec lui-même, par la seule immobilité de ses convictions, comme un rocher qui se tier' debout au milieu de l'agitation inconstante des flots.

La passion de l'or, qui règne sur les rois eux-mêmes, ne tourmentait pas sa grande âme. La vulgaire ambition d'un trône était trop au-dessous de lui, et il n'aurait pu désirer que d'être Washington, s'il n'eût été Lafayette.

Lafayette éprouvait, même dans sa vieillesse, le besoin des cœurs affectueux, celui d'être aimé par tout le monde. Mais ce noble

penchant, si doux à suivre dans la vie privée, est presque toujours dangereux dans la
vie politique. Un véritable homme d'état doit
savoir immoler ses amitiés et sa popularité
même à l'intérêt de son pays.

Tant qu'il resta commandant-général des
gardes nationales du royaume et qu'il marcha
quasi de pair avec Louis-Philippe, les camarillaires abritèrent leur peur sous sa popularité, et ils recueillirent ses paroles dans un
silence respectueux.

Mais lorsqu'après s'en être servi et l'avoir
usé, la Cour le congédia avec Dupont (de
l'Eure), Laffitte et Odilon-Barrot, ces messieurs du centre ne se gênaient plus et ils
commençaient déjà à passer des chuchotte-
ments de l'indifférence aux murmures. Lâches
flatteurs!

Mais l'opposition, qui n'a pas la mémoire
ingrate des courtisans, lui garda toujours sa
vénération et quand l'auguste vieillard paraissait dans son assemblée, tous les députés
se levaient spontanément pour lui rendre
hommage.

Il y avait répandu dans les habitudes de sa

personne et sur son visage, je ne sais quel mélange heureux de grâce française, de flegme américain et de placidité antique.

Lafayette a été l'homme le plus franchement et le plus résolument révolutionnaire de notre temps. Il entrait avec feu, avec impétuosité, dans toutes les conspirations qui avaient pour but de renverser un despotisme, et la vie n'était pas pour lui un enjeu de grande importance. Martyr de sa foi politique, il serait monté à l'échafaud et il aurait présenté sa tête au bourreau, avec la sérénité d'une jeune fille qui, le front couronné de roses, s'endort à la fin d'un banquet.

On assure qu'à la suite d'une ovation, l'idée horrible vint à des conspirateurs de tuer Lafayette dans la voiture où ils le traînaient en triomphe et d'exposer son cadavre devant le peuple, à la manière d'Antoine, pour le soulever; ce qui lui ayant été raconté, il ne fit qu'en sourire, comme s'il eût trouvé cela naturel et le stratagème ingénieux.

J'ai l'idée, sans l'affirmer, car qui pourrait l'affirmer ou le contredire, que Lafayette mourant, dans les derniers bercements de sa pensée, se flattait qu'une insurrection populaire pourrait bien éclater sur le passage de ses cendres, ranimer la liberté et illustrer ses funérailles !

Il s'est vu des amants fougueux de la démocratie qui seraient très-aristocrates, s'ils étaient nés parmi les aristocrates. Leur amour de l'égalité n'était que la jalousie vaniteuse des priviléges qu'ils n'avaient pas. On avait peine à démêler s'ils étaient libéraux par conviction ou par dépit. Mais lorsque des grands seigneurs se font démocrates, le peuple les entoure de sa confiance, parce qu'ils l'ont honoré de leur abjuration. Tel fut Lafayette.

Il n'avait gardé de la vieille aristocratie que cette naïveté spirituelle et fine qui est la grâce du discours, et que cette élégante simplicité de manières qui ne se voit plus et qu'on ne retrouvera pas. Mais son âme était toute plébéienne. Il aimait le peuple du fond de ses entrailles, comme un père aime ses enfants, prêt à toute heure du jour ou de la nuit à se lever, à marcher, à combattre, à souffrir, à vaincre ou à être vaincu, à se sacrifier pour lui, à se donner tout entier avec sa renommée, sa fortune, sa liberté, son sang et sa vie.

Illustre citoyen, contemporain de nos pères et de nos enfants, placé, comme pour l'ouvrir et pour le fermer, aux deux extrémités de ce demi-siècle héroïque, vous aviez vu périr la révolution de 89 sous le sabre d'un soldat et la révolution de 1830 sous le martinet d'un doctrinaire et, malgré leur chûte et leur évanouissement, vous ne vous repentîtes pas de ce que vous aviez fait pour elles; car vous saviez que chaque chose vient en son temps et que, pour germer et fleurir plus ou moins tard, rien ne se perd de tout le grain qui se sème dans les champs de la démocratie ! Vous saviez que toutes les nations, les unes par des chemins droits, les autres par des routes obliques, s'avancent vers leur émancipation avec l'irrésistibilité du courant qui emporte les eaux de tous les fleuves vers la mer, et vous marchâtes, la tête haute et l'espoir au cœur, dans les voies de la vérité! Je vous rends grâce, généreux vieillard, de n'avoir pas douté du droit éternel des nations parce qu'il était terrassé par la force, et d'avoir

toujours saintement préféré les proscrits à
leurs oppresseurs et le peuple à ses tyrans !
Quand le voile d'une patriotique mais déplorable illusion tomba de vos yeux, et vous
laissa voir la génération actuelle avec ses
chairs gangrenées et ses langueurs mourantes,
vous portâtes votre regard consolé sur la vitalité, la moralité et la grandeur des générations futures; vous ne vous laissâtes point surmonter, comme Benjamin Constant, par
l'invincible mélancolie du dégoût, et vous
fûtes digne de la liberté, parce que vous ne
désespérâtes jamais d'elle !

ÉTUDE XVI.

—

M. Royer-Collard.

Honneur unique parmi les fastes de la législature française, le nom de M. Royer-Collard a été répété sept fois le même jour, dans sept colléges électoraux. Cette fameuse adresse des 221 que sa bouche prononça devant Charles X, fut le premier coup de hache donné à l'antique édifice de la monarchie, lequel en vacilla, comme un vieux pin qui sent trembler ses moindres feuilles jusqu'au faîte de ses branches, lorsque la cognée du bûcheron a retenti à ses pieds.

M. Royer-Collard est le vénérable patriarche des constitutionnels royalistes de la

restauration. Il était le plus éloquent de nos
écrivains parlementaires. Il avait une manière de style vaste et magnifique. Un mot,
un seul axiome fécondé par la méditation de
cette forte tête, se grossissait, épaississait,
grandissait comme un gland qui devient
chêne, dont toutes les ramifications partent
du même tronc et qui, animé de la même
vie, nourri de la même sève, ne forme qu'un
tout, malgré la variété de son feuillage et la
multiplicité infinie de ses rameaux. Tels
étaient les discours de M. Royer-Collard :
admirables par l'unité de leur principe, par
les pousses vigoureuses du style et par la
beauté de la forme.

C'était la philosophie appliquée à la politique, avec ses formules abstraites et un
peu obscures. Plus profond que véhément,
plus original dans l'expression qu'entraînant
par le mouvement, M. Royer-Collard était,
qu'on me passe l'expression, un creuseur
d'idées. C'était une pensée qui parlait.

Du reste, simple dans ses mœurs, point
ambitieux, désintéressé, honnête homme.

La vertu de M. Royer-Collard brille non-seulement par son propre éclat, mais encore par la corruption de ses élèves.

Lorsque ces petits Grecs de collége, qui louaient tant la pauvreté de Diogène et la simplicité de l'Athénien Platon, se sont rués sur les dignités et ont empli d'or leur besace, on a vu M. Royer-Collard, philosophe d'action autant que de parole, se retirer modestement à l'écart, fuir les honneurs du conseil d'état, de la pairie et du ministère, et s'ensevelir dans la solitaire et profonde observation des événements.

Les longs orages qui ont battu sa vie l'ont fatigué. Il a cru reconnaître, dans les soudaines révolutions de notre pays, l'épreuve et les leçons d'une Providence qui châtie les peuples et les rois. Il a pensé qu'il y avait une loi morale qui régit le monde des intelligences, comme il y a une loi physique qui régit les phénomènes de la nature. M. Royer-Collard a été un légitimiste sincère, mais systématique. Pour lui, la légitimité était, par l'antiquité de son institution, par la vénérabilité de ses souvenirs, et par l'étendue et la profondeur de ses assises, la plus haute expression de l'ordre social. Mais il voulait tempérer cet ordre dont l'excès constitue le despotisme, par les conditions austères de la liberté. Il se faisait de ses croyances dynastiques une sorte de religion imposante et raisonnée. Il coordonnait son régime de gouvernement comme on coordonne une thèse de philosophie. Chimère qui a plus de belles formes que de fond, car les alliances mystérieuses et fortes du passé et du présent, de la liberté et du pouvoir, sous le sceptre d'une dynastie qui se perd dans la nuit des temps, ne sont pas intelligibles au vulgaire; elles se rompent d'ailleurs par tous les bouts à l'application. L'équilibre fictif de cette pondération est sans cesse dérangé par le courant irrégulier des affaires humaines. Il faudrait, pour que de pareils édifices se tinssent debout, qu'il n'y eût jamais de nuages au firmament ni de vent dans l'air, et ce sont châteaux de cartes qui culbutent au moindre souffle.

Aussi, dans la pratique, les élèves de M. Royer-Collard l'ont bien vite laissé là, et il est resté tout seul sur son canapé avec sa philosophie. M. Royer-Collard, qui aime l'ordre, mais qui ne l'aime pas jusqu'au despotisme, s'est alors retourné vers la liberté. Il était un peu tard, car la liberté n'existait plus.

Pourquoi n'existe-t-elle plus? C'est que le pouvoir n'a jamais été, en France, assez bridé dans l'impétuosité extravagante de ses caprices. Il s'est toujours égaré vers les abîmes, non pas qu'on l'y poussât, mais parce qu'il s'y jetait follement de lui-même. La vieille Monarchie, l'Empire, le gouvernement Républicain, la Restauration, ont péri tour à tour par l'excès de leur puissance. On veut toujours, dans ce pays-ci, trop gouverner, trop administrer, trop légiférer, trop faire. La liberté essaie d'abord de contenir le torrent par de fortes digues, mais il les rompt, se dérobe et s'écoule si vite et par tant de pores, qu'il ne reste bientôt plus rien de son bruit ni de son eau.

Avouons aussi que nous sommes les plus oublieux des hommes, et sitôt qu'on revient à nous, nous applaudissons avec une sorte de fureur ceux que nous repoussions avec

emportement. Les partis en France n'ont pas
la moindre rancune. Au bout de leur admiration ou de leur haine, il n'y a pas de ra-
cines. C'est sans doute une très-aimable qualité de notre nation que cette espèce de sans-
souci-là. Mais ne témoignerait-elle pas que
si nous sommes aptes à toutes les autres sciences, par la mobilité de notre merveilleux génie, nous ne sommes guère propres à la
science politique, qui veut plus d'application,
de constance et de tenue.

C'est ainsi que nous revendiquons aujour-
d'hui, que nous nous arrachons M. Royer-
Collard, qui ne nous appartient pas, qui a
trop de probité politique pour nous apparte-
nir; car il suit avec persévérance sa ligne,
qui n'est pas la nôtre.

En effet, M. Royer-Collard croit, pardessus
tout, au dogme de la légitimité. Il regrette
qu'on ait déplacé les anciens fondements de
la monarchie. Il n'a participé ni de conseil,
ni de main, ni de cœur, à la Révolution des
trois jours. Il a plaidé pour l'hérédité de la
pairie. Il a repoussé l'extension du privilége
électoral. Il a versé les pleurs de son élo-

quence sur la tombe du grand Périer, l'homme fatal de juillet. Il n'est ni de l'extrême gauche, ni de la gauche dynastique, ni même du tiers - parti. Il a voté les budgets, les lois et les mesures de nos gens de peur et de corruption, et il a fallu que le vase fût plein jusqu'aux bords, pour qu'il leur criât qu'il allait se renverser. Et vous, députés de l'Opposition, oublieux de tout ce passé qui n'est pas le vôtre, vous appelez M. Royer-Collard l'apôtre de la liberté! Mais M. Royer-Collard lui-même n'accepte point ce démocratique apostolat. Il ne veut pas qu'on croie qu'il a été ce qu'il n'a pas été, ni paraître ce qu'il n'est pas. Il veut rester avec son caractère propre, avec sa physionomie originale, avec ses antécédents, avec ses doctrines, avec ses regrets, avec sa vie toute légitimiste, et bien que nous, nous concevions le gouvernement de notre pays d'une autre manière, cette vie est assez belle pour qu'on la laisse s'achever dans son intégrité consciencieuse et pure.

Imp. d'Aubert. paris.

ARAGO.

ÉTUDE XVII.

M. Arago.

Puisque vous voulez bien, Arago, poser devant moi, permettez-moi, pendant que je nettoie ma palette, de vous adresser une question.

Comment se fait-il que les hommes de science et de littérature, dont la plupart sont glorieusement nés dans les rangs du peuple, que ces hommes, qui sont la parure éclatante de la France et qui constituent la seule et véritable aristocratie, puisqu'il n'y en a plus d'autre aujourd'hui que celle du talent, mettent leur âme aux pieds du pouvoir, qu'ils en soient les complaisants apologistes, qu'ils ne fassent pas la moindre attention à l'oppression systématique de la liberté, et qu'ils aient perdu jusqu'au sentiment de leur dignité politique? Pourquoi le même phénomène se reproduit-il en Autriche, en Bavière, en Prusse, en Russie, en Hollande, en Italie et dans tous les pays de l'Europe? Car, chose étrange! ce n'est point tant dans la classe des riches, des puissants, des grands seigneurs, que le despotisme trouve ses plus ardents, ses plus dévoués et ses plus opiniâtres sectaires, c'est dans la classe des professeurs, des académiciens, des lettrés et des savants. C'est eux qui ont la direction et la rédaction des journaux, des manifestes, des notes secrètes, des déclarations, des pamphlets que l'Europe absolutiste lance sur nous, et qui sont reçus par nos ministres et nos camarillaires, avec autant de respect et d'humilité que le dernier des Musulmans recevrait un firman du grand-turc. Cet inexplicable abaissement, cette dégradation volontaire des plus nobles enfants, des êtres de choix, des privilégiés de l'espèce humaine, tiendraient-ils à la profonde corruption de notre nature, ou

faut-il en revenir à dire avec un éloquent so-
phiste, que l'homme qui pense est un animal
dépravé, ou croirons-nous que la liberté ne
soit pas faite pour l'homme, et qu'il doit être
mené à coups de verges par les rois et les
grands de la terre? Dites-nous, Arago, comment résoudre ce désolant problème? Dites-
nous si vous ne pensez pas qu'on puisse
attribuer la servilité politique, presque uni-
verselle, des savants et des lettrés, à cette
mauvaise organisation sociale qui les livre à
la merci de tous les gouvernements? N'est-ce
pas en flattant l'ambition, la vanité et l'a-
mour des jouissances, que la culture intel-
lectuelle développe chez eux au plus haut
point, que le pouvoir les a corrompus? L'oppression physique du pauvre et l'oppression
morale du savant, ne seraient-elles pas les fa-
tales mais inévitables conséquences de nos
constitutions tant vantées? Artistes, littéra-
teurs, mathématiciens, naturalistes, il faut se
vendre au pouvoir ou mourir de faim. Car le
savant ne naît point, comme les fils aînés d'un
roi, avec douze millions de liste civile, ni
comme les fils cadets avec des apanages de

cinq cent mille francs qui valent un million.
Si l'on n'a point confessé tout haut, devant
témoins, par trois fois, et les mains croisées
sur sa poitrine, que l'on aime son roi, pas
de chaires en Sorbonne, à l'école normale et
dans les colléges, pas d'inspections générales,
pas d'entrées au conseil-d'état, pas de mis-
sions à l'étranger, pas de décorations rouges
à la boutonnière, pas de fauteuils à l'académie, pas de commandes d'ouvrages, de mémoires, de statues et de tableaux, pas de
pensions sur les fonds arbitraires de l'instruction publique. Fussiez-vous un Chénier, un
Monge, un David, un Carnot, un Condorcet,
vous ne seriez pas trouvé digne d'aller vous
asseoir parmi les jugeoteurs les plus obscurs
du Luxembourg. Il vous sera même interdit,
de par le grand-maître de l'Université, qui
peut n'être qu'un âne, de professer publiquement votre science, votre art, votre
littérature. Vous dormirez sur votre génie
comme sur des monceaux d'or renfermés
et scellés dans un coffre à triple serrure.
Si un homme de science, un homme de
littérature, un homme d'art ne veut pas être

un valet de roi ou de ministre, il n'est plus
qu'un esclave, un ilote, un paria, un moins
que cela. N'est-ce pas là, Arago, la cause, la
vraie, la seule cause de l'humble prosterna-
tion du monde savant, artiste et lettré devant
le pouvoir, et qu'aurions-nous besoin de
l'aller chercher avec vous, cette cause, dans
les astres ? Elle est dans cette boue de corruption qui nous empêche de marcher vers
les glorieuses destinées de l'avenir ; elle est
dans le vice, hélas ! irrémédiable, je le
crains bien, de notre organisation sociale et
politique.

Pour vous, Arago, vous avez su vous affranchir, par un effort rare et presque héroïque, de cette dépendance servile où le pouvoir
retient tant de beaux génies et de nobles caractères, et vous avez préféré d'être avec nous,
que de vous asseoir aux pieds d'un principi-
cule dans les boudoirs de la cour, ou de gouverner votre pays avec les oppresseurs de la
liberté !

Quand je dirais de M. Arago qu'il est un
savant européen, je ne le flatterais pas beaucoup. Mais je lui plairai, faiblesse de l'hom-

me ! si je dis qu'il est un écrivain supérieur,
et je dirai vrai. S'il n'était pas de l'Académie
des sciences, il serait de l'Académie française.
Car il possède les secrets de la langue aussi
bien que les secrets des cieux.

Qui n'a lu son admirable lettre sur les forts
détachés, ces menaçantes bastilles qu'on voulait dresser contre la liberté, et que de son
souffle, de ce souffle révolutionnaire qui a
les ailes de la tempête, le peuple, dans un
jour de colère, aurait renversées et démolies,
sans laisser pierre sur pierre? M. Arago a
rendu un service immense à la ville de Paris.
Il a peut-être préservé des folies incendiaires
de quelque nouvel Omar, ses palais et ses
maisons, ses bibliothèques et ses musées, ses
magasins et ses boutiques. Ce qui n'empêchera
peut-être pas les intelligents et reconnaissants
électeurs de préférer, à cet illustre Arago, quelque loup-cervier, bien avide, bien inepte et
bien obscur. Qu'il fait beau, après cela, de se
moquer du suffrage universel! Est-ce que si
le peuple nommait les députés, ses choix
n'auraient pas plus de grandeur? Est-ce qu'ils
ne se porteraient pas sur des notabilités na-

tionales, sur des hommes qui honorent la France par leur génie, par leurs services et par leurs vertus? Je le dis à regret, mais si notre gouvernement représentatif persiste à se confiner dans le monopole, il périra.

Lorsque M. Arago monte au forum, la chambre, attentive et curieuse, s'accoude et fait silence. Les tribunes se penchent pour le voir ; sa stature est haute, sa chevelure est bouclée et flottante, et sa belle tête méridionale domine l'assemblée. Il y a, dans la contraction musculeuse de ses tempes, une puissance de volonté et de méditation qui révèle un esprit supérieur. A la différence de ces orateurs qui parlent sur tout et qui ne savent, les trois quarts du temps, ce qu'ils disent, M. Arago ne parle que sur des questions préparées qui joignent à l'attrait de la science l'intérêt de la circonstance. Ses discours ont ainsi de la généralité et de l'actualité, et s'adressent en même temps à la raison et aux passions de son auditoire. Aussi, ne tarde-t-il pas à le maîtriser : à peine est-il entré en matière, qu'il attire et qu'il concentre sur lui tous les regards. Le voilà qui prend, pour ainsi dire, la science entre ses mains. Il la dépouille de ses aspérités et de ses formules techniques, et il la rend si nette et si perceptible, que les plus ignorants sont étonnés et charmés de la voir et de la comprendre. Sa pantomime animée et expressive ajoute à l'effet de son illusion oratoire; il y a quelque chose de lumineux dans ses démonstrations, et des jets de clarté semblent sortir de ses yeux, de sa bouche et de ses doigts. Il coupe son discours par des interpellations mordantes qui défient la réponse, ou par de piquantes anecdotes qui se lient bien à son thème et qui l'ornent sans le surcharger. Lorsqu'il se borne à narrer les faits, son élocution n'a que les grâces naturelles de la simplicité. Mais si, face à face de la science, il la contemple avec profondeur pour en visiter les secrets et pour en reproduire les merveilles, alors son admiration commence à prendre un magnifique langage, sa voix s'échauffe, sa parole se colore et son éloquence est grande comme son sujet.

ÉTUDE XVIII.

M. Laffitte.

Y a-t-il un plus grand citoyen que M. Laf-fitte ? Y a-t-il un ministre qui soit entré dans les affaires avec plus de dévouement et de sin-cérité, et qui en soit sorti avec un cœur plus français et des mains plus pures ? Y a-t-il au monde quelqu'un de plus bienveillant que lui ? Combien rois et particuliers n'ont-ils pas abusé de la facilité de ce bon et aimable caractère ? Quel organe flatteur ! Quelle verve de causerie ! Quelle fluidité variée, abondante, limpide, spirituelle ! Quel enthousiasme naïf de jeune homme pour ce qui est beau et bon, juste et vrai ! Comme il unit bien aux grâces de la cour, lorsque la cour avait des grâces, la simplicité et la bonhomie d'un négociant! Ne vaudrait-il pas mieux cent fois entendre MM. Laffitte et Dupont, si substantiels, si pleins, si lucides, que tant de rhéteurs bavards et tant d'avocats de province, qui tirent leur montre et discourent à l'heure, et qui oublient que la parole n'a pas été donnée à l'homme pour ne fabriquer que des mots, mais pour exprimer des idées?

La vie privée de M. Laffitte serait un cours de morale en action. Sa vie publique serait un cours de politique à l'usage des peuples qui, pouvant se conduire eux-mêmes, s'attèlent, le dos écrasé, au lourd char d'un roi.

M. Laffitte a le génie financier, plus rare que le génie oratoire. Il a résolu les problèmes de la conversion des rentes, des banques et de l'amortissement, avec une netteté d'expression qui pare la science sans la cacher. Ses discours sur l'ensemble du budjet sont des modèles d'exposition théorique, et ses discussions sont des modèles du genre délibératif appliqué au maniement des chiffres. Sous la restauration, il a fondé le crédit public et il fonde aujourd'hui le crédit privé, ne voulant pas qu'il se passe un seul jour de sa belle vie sans qu'il soit utile à son pays.

Le fond du caractère de M. Laffitte est républicain, non pas qu'il croie à la possibilité actuelle de cette forme de gouvernement. Mais il croit, avec Lafayette, Arago et Dupont de l'Eure, que les Européens y gravitent et qu'elle sera un jour la plus haute expression de la civilisation la plus avancée.

Cette âme si douce et qu'on pourrait croire faible, résiste et se fortifie dans les vives et pressantes situations. Il lutte courageusement contre les périls, il les aborde avec énergie et il les domine par sa décision.

L'ingratitude, d'où qu'elle parte, soulève ses nobles dégoûts, et l'oppression de la liberté, de quelque prétexte qu'elle se couvre, allume son indignation. Il lui échappe alors de ces mots qu'il semble qu'un donneur de couronnes, qu'un fondateur de dynastie puisse seul dire, et le ministre interpellé d'entendre ou de répondre, ne sait que rougir et baisser les yeux.

M. Laffitte a supporté ses revers avec la même sérénité que sa fortune, et il lui a été donné de faire des ingrats dans les plus bas et dans les plus hauts lieux. Aucun homme de notre temps n'a été plus magnifique. Car, après avoir ouvert sa maison à tous les proscrits et sa bourse à tous les malheureux, il a fini par octroyer un sceptre. Qui présidait la chambre le 29 août? Qui était l'âme, le chef, le meneur du parti d'Orléans? Qui s'entendait avec Lafayette? Qui a rapproché le palais Bourbon de l'hôtel-de-ville? Qui a, en un mot, conduit et terminé toute l'affaire, si ce n'est M. Laffitte? Oui, c'est M. Laffitte qui a ramassé la couronne de France gisante à terre entre deux pavés, et qui l'a mise sur le front de Louis-Philippe.

Les lois de septembre m'arrêtent au moment où j'allais peindre..... Un jour, M. Laffitte, j'achèverai votre portrait.

ÉTUDE XIX.

—

M. Charles. Dupin.

La manufacture de Saint-Gobain vient de couler une glace monstre d'un seul morceau, ayant 195 pouces de hauteur sur 128 pouces de large. Il ne faudrait pas à M. Charles Dupin une feuille de papier de dimension moindre pour écrire, d'une écriture fine et serrée, sans blanc ni marge, chacun de ses rapports.

On dit que c'est lui qui a fourni le modèle des plumes de Perry, qui sont d'un acier fin et bien trempé, qu'on ne taille jamais, et avec lesquelles il peut écrire depuis l'aube du jour jusqu'au coucher du soleil, sans perdre une minute.

On assure également que la presse à bras ne marchant pas assez vite pour le suivre, on a été obligé d'inventer la presse à la vapeur. Grâces soient rendues à M. Charles Dupin d'avoir été l'heureuse occasion de cette découverte! aussi la presse à la vapeur n'a-t-elle pas été ingrate, et depuis ce temps-là, ne fonctionne-t-elle presque que pour lui.

Ne dites pas à M. Charles Dupin que l'érudition n'est point toujours du raisonnement, et qu'en traitant la question de l'indemnité américaine, il pouvait se dispenser de nous entretenir des doges de Venise, des suffètes de Carthage, du sénat de Rome, des cortès d'Espagne, et du grand Turc. Ne lui dites pas que les mots ne sont point des idées, qu'on pourrait mettre en dix pages ce qu'il met en cent, que vous ne connaîtrez pas mieux le budget de la marine, parce qu'il vous aura appris combien il entre de clous et de chevillettes dans les flancs d'un vaisseau, de combien de brins de chanvre se forment les gros câbles, et ce qu'il faut de grains de sel pour saupoudrer les biscuits des matelots. Ne lui dites pas que lui, qui est philantrope, devrait

avoir un peu plus de pitié de ces pauvres
compositeurs de l'imprimerie royale, qui
épuisent leurs casiers, passent des nuits blanches, et maigrissent à vue d'œil, pour
mettre en lumière, sur beau papier de Chine,
les élucubrations de son cerveau. C'est plus
fort que lui, il ne peut retenir le flux de son
éloquence dévoyée. Il faut qu'il parle, parle,
parle. Le prurit de l'in-quarto le démange. Il
faut qu'il imprime, imprime, imprime.

M. Charles Dupin cumule les mots, ce qui
est stérile pour nous, et les emplois, ce qui
est productif pour lui. Il est, en France, à peu
près tout ce qu'on peut y être; il y a l'emploi
d'ingénieur, l'emploi de membre de l'amirauté,
l'emploi d'académicien, celui-ci double, l'emploi de professeur au conservatoire, l'emploi
de conseiller d'état, l'emploi de pair de France, l'emploi de rapporteur inamovible du
budget de la marine, l'emploi d'attacher à sa
boutonnière des brochettes de croix et l'emploi de baron, de haut baron. Il est, aux Colonies, délégué sans travail mais non sans
appointements. Il est, en Suède, chevalier des
ordres du royaume, et les voyageurs qui

viennent d'Italie disent que le pape lui réserve in petto le chapeau de cardinal, à cause,
vous savez, de ce fameux sermon sur les
évêques, qu'il a si bien prêché!

Je ne désespère pas même qu'on ne le mette
un jour au rang des saints, afin qu'il puisse
cumuler les joies du Paradis avec les joies de
notre vallée de larmes.

Outre ce bagage de croix, de dignités,
d'emplois, de diplômes, de rubans, d'épées,
de plumes de Perry, de galons, d'habits, de
sacs d'argent et d'oripeaux de toute espèce
dont M. Charles Dupin marche affublé, dé-
coré, chargé, accablé, et qui pendillent et
traînent de toutes parts, il a ses livres, ses
cartes, ses plans, ses manuscrits, ses projets
d'amener la mer à Paris, ni plus ni moins
qu'on peut la voir au Hâvre, et ses études sur
Démosthènes qui n'était pas cependant le
plus bavard des orateurs.

On avait dit à M. Dupin : vous serez
député, parlez! Et puis on lui a dit : vous serez pair, mais taisez-vous! Cela était bien
embarrassant. Taisez-vous! M. Dupin était au
supplice.

Je ne voudrais pas cependant dire trop de mal de M. Dupin le savant, d'abord parceque j'aurais mauvaise grâce à me moquer des savants, ne l'étant en aucune façon, ensuite parce qu'après tout, les hommes du mérite de M. Dupin sont rares dans tous les pays. Je ne serais pas même fâché, entre nous, de cumuler, non pas autant d'emplois mais autant de science, et je changerais volontiers d'être Timon pour être Charles Dupin. Mais j'aimerais encore mieux être monsieur son frère.

ÉTUDE XX.

—

M. Jaubert.

ORATEUR bilieux, âcre, pétulant, irritable, agressif. Vain de son aristocratie de rencontre, et jaloux, comme un nouveau possesseur, de sa fortune d'hier. Aussi ardent pour le pouvoir qu'il l'était naguère pour la liberté. Fanatique, par fougue de tempérament, de tout parti qu'il servira, mais courageux, se jetant seul et tête baissée dans la mêlée. Tenace, ne reculant pas devant le ridicule, qui est peut-être le plus réel et le plus effrayant de tous les périls français. Prompt d'esprit, économiste instruit, parleur facile et honnête homme.

Telle était l'ébauche que j'avais tracée de
M. Jaubert, ébauche ressemblante, mais qui
demande quelques nouveaux traits.

M. Jaubert n'est déjà plus une simple utilité, un choriste, une doublure. Il a grandi
de session en session, et il se présentera bientôt sur le premier plan, comme chef d'emploi.

Il manie aujourd'hui la parole avec autant
d'aisance que de dextérité. Son improvisation n'est ni forte de pensées, ni remarquable
par la généralisation philosophique, ni relevée par des figures, ni véhémente par l'action. Mais elle est pleine d'ironie, de justesse
et d'à-propos.

M. Jaubert étudie avec un labeur intelligent et consciencieux les questions de l'économie politique, et, sans être homme de l'art,
il traite mieux que les gens de l'art la matière des travaux publics dans ses rapports
avec la législation.

M. Jaubert est maintenant le second de
M. Guizot, son bras droit, son porte-arque-
buse. L'un dogmatise, l'autre exécute ; l'un
ordonnance la bataille, l'autre se poste en tirailleur et fait feu, souvent avant l'ordre.

16

On peut dire, qu'à eux deux, ils régentent l'école. Pendant que M. Guizot, en capuchon et la robe retroussée, récite gravement les *orémus* de la doctrine, M. Jaubert remplit le terrible emploi de frère fesseur. Il fait sa ronde dans la chambre et il sangle, à droite et à gauche, de rudes coups de martinet.

Il est, comme son maître, pour les vieux us et coutumes, et il n'aime pas les nouvelles méthodes. Napoléon est son héros, non parce qu'il était un homme de génie, mais parce qu'il était passablement despote et qu'il savait bien tenir sa classe. Car savoir bien tenir sa classe, M. Jaubert ne voit rien au-delà.

Quand la classe est finie et qu'il a accroché le martinet derrière la porte, il sort; vous l'abordez, vous ne le reconnaissez pas; ce n'est plus le même homme. C'est un commerce affectueux, c'est une élégante politesse de manières, c'est une facilité de mœurs douce et charmante.

M. Jaubert a la parole alerte et réveillée, et il ne se le fait pas dire à deux fois pour monter à la tribune et pour taper sur ses adversaires. Né 40 ans plus tôt, il eût été, dans la

Convention, un révolutionnaire de première force ; sa violence bouillonne et ne peut se contenir. Ses lèvres émincées, en se pressant, distillent du fiel, et ses yeux noirs lancent des éclairs de colère.

Il est dur au frein et, s'il plie, il se redresse. Il pousse les choses plus avant qu'on ne voudrait les mener. S'il plaît aux impétueux, il gêne les politiques. Il furète, bat les buissons, donne de la voix, fait la chasse pour lui-même et, mal dressé qu'il est, ne revient pas quand on l'appelle.

Il gronde les siens, grommèle entre ses dents, mord ses adversaires de droite et de gauche, et il les mord cruement et sans édulcoration oratoire. Sans doute, il ne faudrait pas que la discussion parlementaire fût toujours sur ce ton là. Mais il n'y a pas de mal que, de temps en temps, une main un peu âpre déchire la toile derrière laquelle se jouent les farces politiques, et fasse voir les acteurs en déshabillé de coulisse.

M. Jaubert arrive droit sur la question et, quand elle en dévie, il la remet dans ses voies. Il interpelle les ministres et les serre à la gorge, dans un défilé si étroit, entre deux murailles si raides, qu'il n'y a pas moyen de s'échapper et qu'il faut répondre oui ou non. M. Molé déconcerte quelquefois cette impétuosité par son flegme, mais l'éloquence mélodramatique de M. Barthe y périrait.

Il fallait voir M. Jaubert, ardent à la poursuite de M. Thiers, tout couvert de poussière, baigné de sueur, le souffle anhélant, presser les talons du petit ministre et mettre déjà la main sur son bonnet de renégat. M. Thiers fuyait, à toute vitesse, dans les mille détours de son argumentation captieuse. Mais aussi par où prendre M. Thiers, qui glisse de tous côtés entre vos doigts? Comment saisir ce Protée, cette apparence, cette ombre, cette impalpabilité?

Notre cabinet métis, sorti par un accouplement bizarre, des flancs douloureux de la doctrine et du tiers parti, redoute plus M. Jaubert qu'il ne redoute M. Odilon-Barrot ou M. Berryer ou M. Guizot lui-même.

C'est un taon dont le bourdonnement continuel importune l'oreille. On a beau le chasser, il revient. Il voltige autour du banc de douleur, se pose sur le front et sur les mains des ministres, s'attache à leurs reins, suce leur sang et leur fait avec son aiguillon mille piqûres cruelles. Leur peau gonfle, ils se démangent et la plaie s'envenime.

M. Jaubert est l'un des députés dont je désire le plus le retour à la chambre, il y est utile par la spécialité et la précision de ses connaissances, par le piquant de ses révélations indiscrètes, par la manière hardie et militaire avec laquelle il attaque les questions, et par les bonnes vérités qu'il dit à tous les partis, y compris le nôtre.

ÉTUDE XXI.

—

Orateurs en buste.

J'ENTENDS frapper à ma porte, et je vois arriver, à la file l'un de l'autre, une foule de députés qui remplissent mon atelier de peinture. Ce que c'est cependant que d'être un artiste à la mode ! Chacun des honorables *représentants de la France* (c'est un petit nom de moquerie qu'ils se donnent entre eux), voudrait que je fisse son portrait en pied, comme ceux de MM. Guizot, Thiers, Lamartine, Dupin, Sauzet, Mauguin, O. Barrot, Fitz-James, Royer-Collard, Arago, Laffitte, Jaubert; G. Pagès et Berryer, qu'ils ont la bonté de trouver assez ressemblants. Chacun d'eux voudrait que je le peignisse avec des traits grecs, pour l'éclat de l'imagination et de l'éloquence, et avec une figure à la romaine, pour la force et la grandeur du caractère. Mais, outre que ces messieurs ne sont pas tous des Romains, tant s'en faut, ni des Alcibiades, ni des Démosthènes, ils ne s'aperçoivent pas que l'été vient, que le soleil darde ses rayons brûlants sur le plomb de mes vitraux, et que j'ai besoin d'aller reposer aux champs mes yeux et mes doigts qui se fatiguent. Je n'ai pas eu toujours d'ailleurs à me louer de mes clients, et M. Thiers, entre autres, ne s'est-il pas avisé de venir se plaindre, avec cet air boudeur d'une femme coquette, de ce que je l'avais fait grimacer, comme s'il ne grimaçait pas un peu, je vous le demande ! je crois, en vérité, que si je n'avais menacé de mettre son Excellence à la porte, elle allait, dans son dépit, brouiller toutes mes couleurs, et jeter à terre mes pinceaux. Voyez-vous le petit méchant !

Cela est d'autant plus mal à lui, qu'il sait très-bien que je lui ai donné de longues séances et que je l'ai peint seulement pour avoir l'honneur de le peindre ; car je n'ai pas reçu de lui, je vous le jure, une seule drachme, quoiqu'il ne lui coûtât rien assurément de me délivrer un mandat sur la cassette des fonds secrets , ainsi qu'il a eu l'honnêteté de le faire pour plusieurs barbouilleurs de mes confrères.

Au surplus, M. Thiers m'a donné mieux que de l'argent , il m'a donné la vogue. On vient de toutes parts me demander à voir son portrait et celui de M. le président Dupin qui a des bontés pour moi et qui m'accordera, je l'espère, la permission de mettre au bas de mon enseigne : *Timon , peintre de la Chambre.*

Je demande bien pardon aux honorables députés qui encombrent mon atelier, si je les fais attendre. Je conçois qu'ils doivent être très-pressés de retourner dans leurs départements , où ils vont recevoir les bénédictions des populations reconnaissantes, et je serais désolé de retarder les glorieux épanchements de leur patriotique allégresse. Mais quand Rubens, Raphaël et David auraient eux-mêmes broyé mes couleurs , quand je peindrais à la fois des deux mains, quand j'en aurais quatre, je ne pourrais aujourd'hui, messieurs, vous mettre tous sur la grande toile. Je me vois obligé de réduire, malgré moi, votre majestueuse figure aux proportions d'une silhouette, et je vous prierai de serrer ce croquis dans votre porte-feuille de voyage.

Un peu de patience, messieurs, et du silence! car vous faites du bruit comme si vous étiez à la chambre! Ne forcez donc pas ainsi l'entrée de mon atelier; et ne présentez pas toutes vos têtes en même temps. Que chacun se range parmi les siens. Evitons la confusion et que je n'aille pas agencer une jambe de puritain avec un bras de légitimiste, ni mettre sur un corps dynastique une tête de doctrinaire. Encore une fois, messieurs, un peu de patience et du silence! Chacun de vous viendra poser à son tour devant moi.

Attention, messieurs! Je vais faire l'appel nominal.

Parmi les figurants du tiers-parti, je reconnais et je vais peindre en quelques traits, MM. :

AMILHAU, esprit fin, dialecticien nerveux et habile jurisconsulte.

BÉRENGER, froid orateur et froid écrivain ; libéral timide mais consciencieux ; rapporteur impartial et disert, et l'un de nos meilleurs criminalistes.

CHAIX-D'ESTANGE, qui sera, dans la session prochaine, l'une des illustrations du tiers-parti, a une figure spirituelle et fine, et une élocution facile et pure. Ses poses sont trop étudiées, trop ambitieuses. Il met trop sa tête entre ses deux mains. Il se souvient trop de la cour d'assises et il parle trop devant les députés, comme s'il était devant des jurés. Les jurés sont une espèce d'hommes naturels, simples, un peu crédules, confiants, et qui vont au-devant des émotions, qui les appellent, qui en veulent absolument et qui s'en laissent saisir et comme envelopper. Les députés sont, au contraire, une espèce d'hommes artificiels, froids, railleurs, défiants, émoussés, qui résistent aux émotions par une sorte d'endurcissement de la lymphe politique, plutôt que par sagesse ; chez eux, le pouls ne bat guère, et pour leur piquer la veine, il faut s'y prendre très-adroitement. Ici, point de coups de théâtre, de draperies oratoires et d'éloquence à grands ramages. S'emparer de l'attention des auditeurs dans une assemblée délibérante, la soutenir, la suspendre et puis la précipiter et l'entraîner, malgré elle, sur ses pas, c'est un grand art. C'est l'art des orateurs consommés et M. Chaix-d'Estange débute. Mais ce jeune avocat a de beaux et puissants moyens, une mémoire heureuse, une ironie subtile et pénétrante, de la véhémence dans l'action et dans le discours, et sa place est marquée parmi nos orateurs.

DE LA BORDE; personnage excellent, courageux à l'occasion, philantrope toujours. spirituel, charmant, bon, naïf, qui ne se souvient pas de ce qu'il a dit, et qui croit ce qu'il imagine. Par exemple, il poussera la distraction jusqu'à prétendre qu'il y a eu une révolution de juillet, qu'il en est sûr, bien sûr, qu'il en jurerait par tous les Dieux. Et si vous le pressez, il vous dira même qu'il y était, et l'an de grâce, et le mois, et le jour, et l'heure; et que cette révolution était bien belle, et qu'on l'avait coiffée d'un panache tricolore, et qu'on la chantait sur toute sorte d'airs, et qu'on lui promettait un avenir glorieux. Il y croit : c'est sa folie. Pauvre homme !

Ducos a les yeux pleins de feu. Sa figure est pâle et contemplative. Il a du girondin dans la pompe et le coloris de son langage. Il fait parler son cœur avec une religieuse abondance, et les mots sacrés de conscience, de vertu, de patrie, s'échappent onctueusement de ses lèvres. On voit qu'il se berce avec complaisance dans le vague de ces grandes et flatteuses images, et qu'il aime à s'enivrer du son de ses propres paroles. Je crains qu'il n'y ait plus d'imagination et de tendresse d'âme dans son talent, que de logique. M. Ducos a quelque chose de candide qui touche et qui plaît. Il a les entrailles et l'organe d'un orateur.

Lors de la fameuse discussion sur le tripotage des créances américaines, M. Ducos a pu voir ce que c'est que de s'engager dans une fausse route. Comme il s'était servi de termes mystérieux, couverts, inexplicables en apparence, pour dire, pour ne pas dire où les créances avaient passé, M. Guizot, sa férule au bout du poignet, courut à la tribune, et, du ton d'un maître qui appelle à lui un écolier, il somma M. Ducos d'expliquer ses hiéroglyphes.

M. Ducos balbutia , et il faisait plaisant de voir le doctrinaire tenir M. Ducos dans ses griffes comme un pauvre oiseau , et ne pas vouloir le lâcher jusqu'à rétractation formelle de ce qu'il n'avait ni dit ni pas dit. Il n'y avait pas, en vérité, de quoi tant se courroucer. Personne n'a jamais prétendu que M. Guizot eût pillé, volé, trafiqué, brocanté, vendu, revendu, escompté, gaspillé la créance américaine. Eh! mon Dieu! M. Guizot, vous savez bien que ce n'est pas de vous qu'on parle; vous n'achetez pas, vous, des actions verreuses dans les cavernes de l'agiotage; vous ne faites point, vous, passer de l'or en barre aux banques d'Angleterre et des États-Unis; vous n'êtes pas, vous, un gros capitaliste, un immense agioteur. Vous savez fort bien que ces créances, pour se trouver nominalement entre les mains des armateurs américains, n'en sont pas moins réellement et salement entre des mains que nous n'osons nommer, qui font argent de tout, qui sont d'une proverbiale rapacité, et qui seront, un jour, attachées au pilori de l'histoire !

Vous savez tout cela , M. Guizot , vous le

savez aussi bien que nous. Faut-il donc qu'on vous écrive les noms avec le doigt? Allons, allons, un peu de bonne volonté, un peu d'intelligence et vous finirez par savoir ce que tout le monde sait.

DUFAURE, qui s'est retiré sous les tentes du tiers-parti, avait commencé par être l'aide-de-camp d'Odilon Barrot. Il allait, les jours de bataille, porter les ordres de son général, et il caracolait sur les ailes de l'opposition dynastique. Il soutenait les troupes fatiguées et il protégeait leur retraite. C'était un colonel de grosse cavalerie. Son arme est l'argumentation et il excelle à la manier. Il maîtrise les questions de droit; il les prend par tous les bouts; il les divise, les sépare, les déplisse en quelque sorte et les nettoie à fond.

ETIENNE, littérateur élégant, spirituel, ingénieux, correct et châtié; modéré dans ses opinions, ennemi du privilège, dynastique sans servilisme; bienveillant, digne et poli de mœurs, de manières et de langage.

On avait fait courir le méchant bruit que M. Etienne allait cesser d'être député pour devenir quelque chose de moins. Mais je n'ai pas vu son nom sur la liste du Luxembourg, et je lui fais bien mon compliment d'avoir échappé à cette avanie.

GILLON, la bonne et naïve figure! Il est blond et doux comme un allemand. Son indépendance lui vient du cœur. Ses discours sentent l'honnête homme. Il parle facilement, écrit mal et pense bien.

GOUIN, l'une des spécialités financières et commerciales les plus honorables de la chambre. Rapporteur exact et plein de zèle, politique circonspect, un peu timide, mais désintéressé et consciencieux.

D'HARCOURT, beau nom, œil vif, taille de nain; économiste avancé, homme de beaucoup d'esprit, de trop d'esprit peut-être.

HUMANN est, après M. Thiers, celui de tous les ministres qui croit le plus aux bonnes intentions de la Providence. Si la Providence, qui ne se mêle évidemment des choses d'ici-bas que pour récompenser la vertu, a daigné faire, dans ses impénétrables desseins, la fortune de M. Thiers, elle n'a pas été sourde non plus aux prières de M. Humann, car elle a placé sur son front une couronne à longs épis d'or. O Providence!

M. Humann, pour leur donner un air de nouveauté, sème agréablement ses discours de germanismes qui équivalent, mot pour mot, à des barbarismes. On dirait qu'il tient à prouver qu'un ministre des finances n'est pas du tout obligé de parler français. Il psalmodie comme un chantre de lutrin, lorsqu'il veut rendre sa phrase solennelle, à la manière allemande, et particulièrement lorsqu'il entretient la chambre des bénédictions dont il a plu à la divine Providence de combler le pays, en faisant sortir la prospérité, l'abondance et les richesses des entrailles du budget. Il s'est bien trompé quelques petites fois, par exemple, quand il a expédié en Amérique, dans un sac de 25 millions, les sueurs productives de nos laboureurs, qu'il a lâché 100 millions à M. Thiers pour la construction de ses folies monumentales, et qu'il a qualifié de budget essentiellement normal un budget en déficit. A cela près, il faut louer M. Humann d'avoir résisté aux profusions ruineuses du ministre de la guerre, d'avoir maintenu l'ordre de la comptabilité, d'avoir une grande sûreté de jugement et de n'avoir pas servi sa cause par des paroles de proscription et des votes de colère. Je dois dire à sa louange qu'il a commencé par être épicier, et qu'il est devenu ministre des fiinances et pair de France. N'a-t-il pas fallu presque du génie pour franchir un tel intervalle? Nous ne sommes donc pas étonnés que M. Humann ait toutes sortes de raisons pour être dévôt à la Providence.

LAURENCE, facile et disert orateur. Il gâte ses exordes par la fastidieuse surabondance de ses précautions oratoires. On dirait qu'il a toujours les poches garnies de flacons d'essences parfumées, de peur de blesser l'odorat de ses auditeurs, lorsqu'il les aborde, et qu'il ne veut leur toucher la main qu'avec des gants de l'ouate la plus fine. Eh morbleu! serrez-moi vigoureusement ces hommes d'abus avec des gantelets de fer, si vous pouvez, et jusqu'à ce qu'ils crient merci! Font-ils grâce au peuple, eux, lorsqu'ils le pressent à la gorge, et qu'ils lui arrachent le plus pur de sa substance?

Une fois entré en matière, M. Laurence marche, va, vient, s'égare, et se retrouve au but. Il égaie sa route par des mots heureux, par des figures inattendues. Il captive l'attention sans la fatiguer. Sa phraséologie limpide et accentuée coule comme d'une source. Il est varié, subtil, abondant, descriptif et coloré.

MALLEVILLE est fin, délié, accort, persuasif; il est inutile que j'ajoute et spirituel: Ils ont tant d'esprit ces gens du Midi! ils naissent orateurs, mais ils ne le deviennent pas toujours. Il faut que M. de Malleville résiste à sa jeune facilité, qu'il la travaille, qu'il la dompte, qu'il l'assouplisse et qu'il l'orne des fleurs de la méditation et de l'étude.

PASSY, argumentateur froid, posé, judicieux, facile, solide et clair dans la discussion; habile en économie financière, commerciale et militaire. Son esprit étendu et souple embrasse l'ensemble et les détails du budget. Sa vue perçante suit les abus dans les replis de leurs sinuosités.

Rations, armes, munitions, harnachements, solde, fournitures, organisation de l'armée, il est versé dans toutes ces choses. Il sait la valeur, la transformation, l'emploi et les déchets du matériel, et les chiffres ministériels, si bien groupés qu'ils soient, n'échappent point à la rapidité tranchante et à la justesse de ses calculs. Il serait aussi bon ministre de l'administration de la guerre que ministre des finances. Tempéré d'opinion, honnête homme, un peu mou, un peu indécis, moins par faiblesse de caractère que par mauvais tempérament.

Rancé, talent qui, sans être d'un ordre bien élevé, ne manque point de franchise et de perspicacité. Militaire indépendant et qui préfère la vérité à l'intérêt, l'honneur aux honneurs.

De Schonen est, sans comparaison aucune, le plus sensible de nos élégiaques parlementaires. M. de Schonen, monopoleur d'une nouvelle espèce, semble avoir accaparé le privilége du pathétique et des larmes. Son éloquence marche coiffée avec des barbes de pleureuses qui lui pendent de chaque côté. Il prie, il gémit, il se frappe le front et le pectoral, il se désespère! Vous souvient-il comme il demandait l'aumône avec des élancements d'yeux, des apitoiements et des soupirs qui fendaient le cœur! Il est vrai qu'il ne s'attendrissait pas tout-à-fait autant sur ceux qui paient que sur ceux qui reçoivent, et sa double position de fonctionnaire et de député lui permettait d'entretenir sans cesse, au même niveau, les sources de sa sensibilité et celles du budget. Que de cris déchirants n'a-t-il pas jetés sur le sort de cette pauvre liste civile, réduite à encaisser, le premier de chaque mois, quinze cent mille francs en écus d'or bien comptés! Ahi! ahi! chère liste civile! qu'elle est à plaindre!

On n'a pas tant de pleurs à son propre service, ni même à celui de la liste civile, sans être un bon homme, et M. de Schonen n'est pas méchant.

La révolution de juillet se souvient de son abnégation, qui fut entière, et de son courage, qui fut grand. Lorsque M. de Schonen entendit la lecture des lois contre la presse, il étouffait d'indignation, et la colère sortit à flots de son cœur honnête. Puisse-t-il n'avoir pas épuisé tout le réservoir de ses larmes! il lui en restera désormais assez à répandre sur les souffrances de la liberté.

TESTE, dont j'aurais voulu faire le portrait

en pied ; mais j'ai cherché en vain son drapeau et ses couleurs. Dans quel mémorable
drame parlementaire a-t-il été acteur ? S'il
s'agit d'une question matérielle, M. Teste
parle et l'illumine de ses clartés. S'il s'agit
d'une question politique, vaste, à larges
bases, à décision tranchée, il se retire dans
l'immobilité du silence. Il semble qu'il y ait
en lui deux choses qui se contredisent : par
son caractère il est conciliateur, et par son
talent il est agressif.

N'importe : sa physionomie plaît au caprice
de mes pinceaux. Le Midi avec ses flammes
brille dans ce regard ! Cette chevelure ondoie,
cette parole vibre des sons articulés et reten-
tissants ! M. Teste a les gestes, la pose, le
regard, l'animation et les mouvements rapides et passionnés de l'orateur. Il ne flotte
pas dans ses exordes. Il prend son sujet corps
à corps et le secoue vigoureusement. Son
éloquence tressaille, et il y a des muscles et
de la vie dans son discours. M. Teste est né
orateur; que lui a-t-il manqué pour le paraître ? De le vouloir.

THIL, magistrat loyal et bon juriste. Il fait

quelquefois de l'esprit sans le savoir, par pure
naïveté, et comme d'autres diraient une sottise. Dans les commencements de sa législature, ce député normand tirait du fond de
son thorax une voix qu'il enflait, qu'il enflait
jusqu'à la faire crever. Il la lançait à toute
volée et lui donnait le branle de la plus grosse
cloche de France, de la cloche de la cathé-
drale de Rouen. Il ébranlait l'ancienne salle
du palais Bourbon, laquelle, à la vérité, n'é-
tait pas très-solide, et les collègues de M. Thil
levaient les yeux, pendant qu'il parlait, sur
les vitres frémissantes de la coupole, de peur
qu'elle ne croulât. Mais il faut rendre cette
justice à M. Thil que, depuis ce temps-là, sa
voix et son libéralisme se sont singulièrement
radoucis.

Il a eu cependant, à propos de la loi
sans nom, un petit accès d'humeur libérale.
C'est une récrudescence à laquelle les députés
fonctionnaires sont peu sujets.

VIVIEN, fonctionnaire indépendant et sans
préjugés, prompt, lucide, intelligent, et
l'un des hommes les plus savants de la

chambre en droit administratif et en économie politique.

Maintenant vous voulez que je vous donne
aussi quelques coups de pinceau, vous,
M. BIGNON, écrivain habile, orateur ingénieux et savant; amoureux de notre nationalité, mais modéré jusqu'à la timidité. Il y
en a qui trahissent leur mandat par l'abus de
la parole. Il y en a qui le trahissent par l'a-
bus de leur silence. Depuis trois ans, on demandait pourquoi M. Bignon, le premier diplomate de la chambre, ne discourait plus
sur les affaires étrangères. Étions-nous donc
redevenus les vainqueurs de l'Europe? M. Bignon n'est pas fier. Il avait l'honneur d'être
député, le premier honneur du pays, et il
vient de se laisser griffer pair de France;
c'est singulièrement déchoir !

Vous, M. CHARAMAULE, jurisconsulte opiniâtre, dialecticien subtil, et questionneur
embarrassant.

Vous, M. CHARLEMAGNE, si exact et si pénétrant.

Vous, M. DUBOIS, doctrinal plutôt que doctrinaire, métaphysicien profond et solide,

chaud et rayonnant écrivain. Il conçoit avec
fécondité et il enfante avec peine. Lorsque ses
pensées et ses sentiments débordent, il ne peut
les contenir. Il semble qu'ils l'inondent, qu'ils
le prennent à la gorge et qu'ils l'étouffent.
Il voudrait les rendre tous à la fois, et sa parole incomplète n'y peut suffire. Il les cherche qui s'enfuient, il se trouble, il s'embarrasse, il s'interrompt, et pour les rappeler,
il frappe à coups redoublés le marbre sonore de la tribune. Il y a des orateurs que
les mots suffoquent, chez M. Dubois ce sont
les idées.

Vous, M. HAVIN, observateur naïf et piquant, qui touchez avec adresse des sujets
scabreux, et qui dites aux ministres, en riant,
de bonnes vérités qui ne les font pas rire.
Aide-de-camp parlementaire d'Odilon-Barrot, vous avez narré le banquet de Torigny
avec une richesse de description et une habileté de parti dont je crois bien vous avoir
déjà fait mon compliment.

Vous, M. ISAMBERT, homme érudit en droit
civil, criminel, administratif, diplomatique
et commercial. Fureteur de pièces inédites, de

documents secrets et de traités inofficiels, où allez-vous déterrer tout cela? M. Isambert secoue la poussière des archives et des vieux livres. Il compulse, il extrait, il déchiffre les manuscrits. Il collationne les éditions, confère les passages et rapproche curieusement les dates. Il amalgame ensuite le tout dans une exposition savante et nourrie de faits, de calculs et de citations. Il ne fait pas de ces théories, qui tombent en belles cadences et qui flattent agréablement l'oreille, à la manière des rhéteurs ampoulés du parti social. Il argumente sur pièces et sur chiffres, car les ministres, qui se moquent bien des théories, ne se moquent pas autant des faits. Si les faits ne sont pas vrais, ils les nient; s'ils sont vrais, ils les nient toujours. Mais M. Isambert leur étale sous les yeux les textes, et s'ils ne veulent pas les lire, il les leur lit. M. Isambert les désespère et les met au supplice. Pauvres gens! Qu'ont-ils donc fait pour mériter qu'on les traite ainsi?

Vous, M. DE MOSBOURG, investigateur de chiffres laborieux et opiniâtre, qui portez la lumière dans les sombres arcanes du budget, et qui traitez avec une habileté supérieure les hautes questions de comptabilité et de finances. Saviez-vous qu'un jour que vous aviez proposé de faire rentrer dans la charte les ministres qui en sortaient, deux de ces messieurs, en quittant la séance, bras dessus, bras dessous, disaient : Il faut que ce soit un bien méchant homme que ce M. de Mosbourg! C'est tout naturel : ceux qui défendent les principes sont toujours très-méchants aux yeux de ceux qui les violent.

Vous, M. Nicod, dialecticien puissant, esprit large et vigoureux qui abordez votre sujet sans indécision, et qui le dominez sans fatigue. Les pensées de M. Nicod coulent vives et abondantes; sa force n'a rien de trop tendu ni de trop saillant; démocrate par conviction, indépendant malgré son amovibilité, passionné mais pour la justice. Quand il s'anime, quand il s'émeut sur la violation d'un principe, il trouve l'éloquence en ne défendant que le droit, et en ne cherchant que la vérité.

Et vous, ne vous peindrai-je pas aussi, vous M. Pagès, élève et brillant héritier de B. Constant; moins souple peut-être, moins rompu à la langue des affaires, ne sachant pas aussi bien que son maître se tordre comme un serpent autour d'une thèse, et l'enlacer dans les mille plis de son argumentation ; moins dialecticien, moins fécond, moins naturel et moins ingénieux; mais peut-être plus habile et plus exercé dans l'art de réduire avec précision des pensées en axiômes, plus étincelant dans la variété de ses antithèses, plus religieux dans ses moralités politiques, plus châtié, plus pur dans les formes de son langage, et le seul député dont les discours écrits puissent captiver, par l'éclat soutenu du style et des pensées, l'attention d'une chambre distraite, nonchalante et fort peu sensible à toutes les peines qu'on se donne de lui faire de l'éloquence.

Vous, M. RÉAL, honnête magistrat, rapporteur impartial et sagace.

Vous, M. ROGER, spécialité financière et maritime; utile et sincère député, qui remplîtes la chambre d'un frémissement d'horreur, lorsque vous peignîtes devant elle, avec de si vivantes couleurs, les tortures de la détention sous le ciel morne et dévorant de l'Afrique.

Et vous, M. DE SADE, dissertateur consciencieux, qui récitez d'une voix sourde et psalmodiante des discours appris, laborieusement travaillés. Publiciste instruit, libéral modéré et l'un des plus honnêtes gens de la chambre.

Et vous enfin, M. DE TRACY, philantrope universel, champion de l'humanité, homme vertueux et pur, qui trouvez dans votre belle âme des mouvements d'éloquence et qui venez de préférer, ainsi que M. de Sade, les honneurs de la députation élective, aux stigmates brûlants et ineffaçables de la pairie ministérielle

Je ne vous oublierai pas non plus, fidèles puritains, respectables défenseurs du peuple, et vous d'abord, M. AUGUIS, vous en qui l'érudition la plus vaste et la plus profonde n'a pas terni les vives fleurs de l'imagination, n'a point émoussé les fines pointes de l'esprit ; vous qui ne pensez pas qu'on doive élever à grands frais des palais pour les singes, lorsque tant d'hommes n'ont pas d'oreiller où reposer leur tête; vous qui comprenez le peuple, qui l'aimez et qui le défendez; vous, patient investigateur d'abus, savant dans l'art plus difficile qu'on ne l'imagine, de dégrouper les chiffres du ministère et de remettre les zéros à leur place. Vous vous attachez aux flancs coriaces du budget, comme l'ichneumon au ventre du crocodile. Si vous ne lui ôtez pas la vie, du moins vous ralentissez sa marche et, pour étancher ses blessures, il faut que le monstre déchiré se roule dans la vase.

Vous, général BERTRAND, énergique et sincère patriote, dont le nom ne périra pas tant que la fidélité au malheur sera honorée parmi les hommes, et tant que le rocher de Sainte-Hélène restera debout au milieu des mers. Liberté illimitée de la presse, s'écriait-il à la fin de chacun de ses discours, et en effet, tout le gouvernement représentatif est là. Si l'ami de Napoléon est autant libéral, il ne fallait donc pas que Napoléon fût autant despote! C'est que, malgré l'absolu de son gouvernement, il y avait plus d'idées de liberté dans la tête de Napoléon, que dans celle de tous les rois vivants de l'Europe actuelle.

. Vous, M. Demarçay, si original et si piquant, avec un si grand fonds de bon sens et d'expérience. Facétieux quoique grave, vous excitez l'hilarité de l'approbation et non celle de la moquerie. Questionneur, querelleur, opiniâtre, ferme sur vos arçons et ne vous laissant jamais démonter. Prompt redresseur des écarts parlementaires, le livret à la main, vous tenez le président en bride, et, l'œil sur lui, vous ne lui permettez pas de broncher. Homme à part et qui vous singularisez en tout ; car vous êtes général, et vous n'êtes point ministériel.

Vous, M. Larabit, puritain modéré, homme de mœurs intègres, d'un désintéressement rare et dont la voix énergique n'a jamais manqué à la cause glorieuse de l'honneur national, à la cause sociale du peuple, à la cause sainte des opprimés.

Et vous aussi, comment vous oublierai-je, M. Salverte, excellent homme, philantrope sincère, littérateur érudit. Exact à votre poste, vous arrivez le premier à la chambre et vous en sortez le dernier. Cloué sur votre banc, vous suivez continuellement, des yeux de

l'intelligence, les discussions les plus épineu-
ses et les plus fatigantes. Il n'y a pas de loi
importante sur laquelle vous ne parliez, de
fourberie ministérielle qui échappe à la pénétration de vos regards, ni de thèse écono-
mique sur laquelle vous ne répandiez les lumières de votre esprit fécond, sagace et
appliqué. Quel que soit l'acharnement et l'injustice des partis, ils ne vous ôteront pas
votre nom de député-modèle.

Les légitimistes comptent dans leurs rangs,
après MM. Berryer et Fitz-James, trois orateurs qui ne sont pas sans mérite :

M. de LABOULIE, qui a des manières élé-
gantes et polies, des raisonnements bien dé-
duits, et de la netteté, de la grâce dans son
allocution.

M. DUGABÉ, plus véhément, plus fort et qui
soutient les mêmes opinions avec une lar-
geur non sans mesure.

M. HENNEQUIN, célèbre avocat de Paris, qui
n'a pas d'abord répondu aux grandes espérances de ses amis.

En écoutant M. Hennequin, on voit que
c'est un homme rigide, consciencieux, hon-

nête, qui vous parle. Mais par un fâcheux
constraste, ses pensées sont souvent triviales
et ses expressions enflées, tandis que ses
pensées devraient être élevées et son expression simple. Il a transporté à la tribune les
formules vicieuses du palais. Il a les gestes
outrés de la Cour d'assises. Il prend la voix
solennelle d'un héros de mélodrame, pour
raconter un petit fait. Il s'émeut sur les infor-
tunes d'une hypothèque conventionnelle. Il
se passionne pour une question de faillite.
J'allais dire que M. Hennequin n'était qu'avocat : je me trompe, il est quelquefois orateur,
orateur de cette éloquence qui parle à la
conscience, parce qu'elle sort de la conscience;
orateur plein de substance, de science et de
force, lorsqu'il s'exerçait sur des matières
purement législatives. Le barreau n'est pas
toujours, il s'en faut, une bonne école
de politique. La procédure étouffe l'originalité de la pensée. Les avocats de profession sont d'ordinaire des juges sans décision et des ministres sans principes, diffus,
subtils, redondants, déclamateurs; ils n'entendent rien aux matières d'état. Ce n'est

qu'après une heure d'exercice, qu'ils s'échauffent, qu'ils sentent que le sang leur monte au visage et que la conviction leur arrive. Encore ne se déterminent-ils que bien difficilement à conclure, et ils rendraient volontiers des actions de grâce à l'assemblée qui leur permettrait de rester suspendus les bras en l'air et la pointe du pied en bas, entre le pour et le contre.

A vous maintenant, messieurs les doctrinaires! passez messieurs, passez, car la séance est longue et il faut finir. C'est vous d'abord que j'aperçois, M. BUGEAUD, orateur au-dessous de tout ce qu'on peut dire; ministériel au-dessus de tout ce qu'on peut dire.

Le général Bugeaud parle comme on parle dans les casernes, et il marche, ses pistolets entre ses dents, comme on marcherait à l'assaut. Son éloquence sent la poudre à canon. Elle est tatouée et ressemble à ces figures bizarres que les militaires injectent sur leur avant-bras, et qui n'ont ni queue ni tête. Souvent, il brusque sa harangue, saute à trois pas, et se trouve à la fin sans avoir

18

fait d'exorde. Une autre fois, il s'élancera à la tribune, posera un principe et descendra sans conclure. Il ne discute pas, il s'emporte, et il vous lâchera à bout portant une bonne grosse brutalité. Eh bien, tant mieux! j'aime encore plutôt ces façons d'agir, que je n'aime ces orateurs doucereux qui vous enveloppent de leurs ailes toutes gluantes, et dont les hypocrisies affilées vous percent sans qu'on les voie.

On s'est moqué des comices agricoles, dont le général Bugeaud a été le plus actif et le plus efficace promoteur. Je ne m'en moque pas, moi, car c'était au moins une institution utile, et je me demande souvent quelle a été au contraire l'utilité pratique de tant de magnifiques parlementages dont j'ai les oreilles rebattues. Bonnes œuvres passent beaux discours.

M. DUCHATEL, élève de M. Guizot, a toute la morgue aride et orgueilleuse de sa secte; une facilité d'élocution un peu bredouillée, des études fortes, des doctrines commerciales à moitié progressives, des connaissances variées et étendues, sans être bien profondes, de l'activité, de la tenue et de l'honnêteté de cœur.

M. Devaux est en quelque sorte banni de l'auditoire législatif par un empêchement d'oreille. Il y siége, mais il n'y suit plus les débats. Il sait les bonnes raisons, mais il ne les dit point. Il vote encore, mais il ne discute plus. Il est présent à la délibération par sa pensée, mais non plus par l'action parlementaire : c'est dommage. C'était un esprit étendu sans être vague, pénétrant sans être subtil. C'était un jurisconsulte sensé et profond. Ses discours surnageront dans l'immense naufrage des harangues de tribune. Ils resteront comme des modèles de précision, de force et de clarté. Il y avait dans M. Devaux une remarquable puissance de dialectique et un bon goût de style qui ne se voit guère parmi les légistes, la plupart diffus et traînants. M. Devaux avait une cervelle parfaitement organisée.

M. Dumon, facile improvisateur. Il conçoit, dispose et résume ses thèses avec une abondance d'idées et une fluidité d'expressions qui ne se rencontrent pas communément.

Mais ces idées ne sont pas toujours bien triées, bien choisies, et ces expressions bien rigoureuses, bien nettes. Son organe est sourd et voilé. Sa parole court trop d'une seule haleine et ne ménage pas assez les temps de repos. Sagace, instruit, appliqué, ce jeune doctrinaire n'est pas, tant s'en faut, sans talent, et, de ce côté-ci de l'opposition, on le juge avec un peu trop de prévention et de dédain.

M. Duvergier de Hauranne, doctrinaire subtil et aigu qui, par entêtement de faux système, plutôt que par mauvais penchant de nature, se porterait aux dernières extrémités politiques. Avec cela (tant l'homme parlementaire est un être de contradiction,) les mœurs les plus douces et les manières les plus polies. Esprit positif, sérieux, cultivé, sagace, bon écrivain, spirituel orateur, et l'un des députés les plus distingués du parti ministériel.

M. Kératry. Je me souviens, qu'à quelque temps d'ici, M. de Kératry se mit fort en colère contre moi, Timon, parce que je m'étais avisé de peindre la figure de notre très-sainte Charte sous des traits qui ne lui plaisaient pas. Il voulait absolument broyer mes couleurs et me tenir la main quand je peindrais, concevez-vous cela, moi l'élève d'Apelles! Mes compagnons de toutes les écoles qui sont rieurs, vous le savez, se moquèrent de ce pauvre M. de Kératry, et, sans plus de révérence, l'appelèrent vieux barbouilleur. Les étourdis! ils auraient dû se ressouvenir que M. de Kératry se battit jadis courageusement, et, s'il l'eût voulu, il pouvait leur montrer ses bras, encore tout meurtris des coups de ceste qu'il avait reçus dans les luttes du despotisme contre la liberté.

Le fond des harangues parlementaires de M. de Kératry n'était pas sans substance, ni son style sans une sorte d'insufflation cahotée mais échauffante. C'était une personne d'imagination plutôt que de caractère, et de sensations plutôt que de principes, mais de sensations honnêtes. Vertueux au privé, mais tête faible en politique et qui vient bien de le prouver en souffrant qu'on lui infligeât la pairie.

M. JARS, orateur coquet qui fait des fleurs

dans ses discours tout nettoyés de ronces et d'épines; discours reluisants et proprets, pimpants, ambrés, musqués, poudrés et pailletés comme les élégants seigneurs de Louis XV. Sa prose tombe deux à deux, quatre à quatre, avec la monotonie cadencée du vers alexandrin. Il roucoule de la gorge, il papillonne de l'aile, il perle sa phrase, et ses métaphores scintillent. Qu'il est joli! qu'il est beau! comme il brille au soleil! comme il étale son plumage bleu et or!

Mais on dit qu'il ne fait plus la roue autour des ministres depuis les rudesses de septembre, qu'il a mué et qu'il a changé de voix.

M. JOUFFROY. Sceptique qui doute de tout, puisqu'il va jusqu'à douter de lui-même, car il a été libéral et le voilà ministériel, et à vrai dire, il ne sait trop, ni nous non plus, ce qu'il est ni ce qu'il veut. Point chrétien et point irréligieux, il attend le Messie.

Un Messie! et lequel? Celui que vous voudrez, pourvu que la lumière se fasse; et, en effet, il ne perdrait pas à attendre, si quelque rayon d'en haut venait à luire sur ses écrits qui sont couverts d'un peu d'ombre. Cet éclectisme philosophique, appliqué aux formules ardentes et tranchées de la politique, ne laisse pas que de piquer et de plaire d'abord, par l'étonnement de la nouveauté; mais il n'embrouille qu'un peu davantage les questions qu'il prétend éclaircir, et chaque auditeur, après avoir écouté M. Jouffroy, rentre dans son opinion exactement comme devant. Ce sont jeux d'esprit, flamberges d'école, assauts de thèses, bons pour amuser dans une chaire l'oisiveté curieuse de quelques étudiants; mais la tribune veut des enseignements plus graves, plus positifs. Les affaires humaines ne peuvent pas rester aussi longtemps suspendues dans les nuages : il faut toucher terre.

M. Laplagne. Magistrat savant en droit, en finances et en administration. Bon rapporteur, improvisateur abondant, tête assez forte, un peu lourde.

M. J. Lefèvre, ministériel ardent, politique rétrograde; commerçant éclairé, financier habile, exact et lucide rapporteur.

M. Liadières, orateur aide-de-camp, qui s'inspire sous les regards de son auguste maître et, de temps à autre, débite un petit discours musqué, frisé, et paré. La chambre n'accueille pas toujours avec une faveur royale ce cliquetis d'antithèses, d'où il ne s'échappe ni un raisonnement, ni une idée; mais M. Liadières a un mérite peu commun : il est court.

M. Martin n'est peut-être pas à la hauteur de sa fortune, et nous ne le donnerons point pour un foudre d'éloquence. Les citadelles de l'opposition ne tomberont pas à sa voix, et charmées de sa parole, les ruines de Thèbes ne se releveraient pas devant lui. Mais il est pénétrant, net, méthodique et concis. Il n'enfile pas des mots à des mots, comme des grains de chapelet. Il a de la vigueur dans l'attaque, du feu dans la réplique, de l'action, de l'intelligence, et une mesure qui n'exclut pas la hardiesse.

M. Pataille parle. Qui nous délivrera de M. Pataille, se demande chacun en bâillant? quand aura-t-il fini? et M. Pataille ne finit pas. O Dieu, ayez pitié de nous! qui nous délivrera de M. Pataille?

Si M. Pataille n'était pas premier président d'une cour royale, et si, en cette qualité éminente, il n'avait pas juridiction sur nous, nous conclurions dès à présent contre lui à ce qu'il fût condamné à de bons dommages-intérêts envers tous et chacun de ses auditeurs, pour se gaudir à les ennuyer.

M. Persil est tout-à-fait avocat. Il s'échauffe, et vous n'avez pas tourné la tête qu'il se refroidit. Il crie et s'apaise. Il se tend comme une barre de fer et puis il se relâche et s'allonge comme une corde molle. Il parle pour et conclut contre. Il accepte les amendements que, l'instant d'avant, il a combattus. Il a la peau rude au toucher et le coup de collier brutal ; mais il tire tant qu'il peut, de l'épaule et des jambes, le char monarchique, et il ne ménage ni ses forces ni son ardeur. C'est quelque mérite, par le temps qui court, d'avoir le courage d'une opinion quelconque, même ministérielle ; tant de gens n'en ont d'aucune couleur ! M. Persil est un argumentateur subtil et serré. Il y a du sens, du naturel et de la précision dans sa manière. Grossier orateur, mais dialecticien pressant et bon jurisconsulte.

M. Piscatory. Quelques vers décèlent un poète et quelques paroles un orateur. M. Piscatory en a les gestes, la pose, la passion, les mouvements et l'organe. Cependant il faut que l'art dirige les heureuses facultés de sa nature, que l'étude les nourrisse et que le goût les orne.

M. de Salvandy. Son éloquence ressemble à un faux diamant monté sur du chrysocale. Il est vain de pouvoir, entêté d'aristocratie; plus imaginatif que judicieux, il prend ses illusions pour des principes, et il déduit hardiment les effets d'une cause qui n'existe pas. Chevaleresquement poli, assez impartial dans ses jugements personnels. Ecrivant mieux qu'il ne parle, et ne manquant ni d'élévation dans la pensée, ni de vigueur pittoresque dans l'expression. M. de Salvandy n'est pas un génie supérieur, il n'est pas non plus un esprit médiocre.

M. Virey. Si je sors du néant cette figure obscure pour la passer à l'estompe, c'est qu'un jour que j'étais assailli par une vilaine bande de doctrinaires, M. Virey n'est-il pas venu par derrière me donner bravement son coup de pied? Cet herboriste parlementaire cultive particulièrement le genre des distinctions et des comparaisons. Si vous lui reprochez de tendre sans cesse toutes ses mains aux ministres pour soi et les siens, il vous répondra : Je distingue, messieurs, je distingue, et comme on lui disait : Encore une faveur pour votre gendre ! Non pas, messieurs, je distingue, c'est pour mon beau-fils. Si vous lui dites : Ah, M. Virey, comment pouvez-vous voter des impôts si écrasants pour les contribuables et qui dépassent un milliard ! Comparez donc, vous répondra-t-il, comparez donc. Qu'est-ce qu'un budget d'un milliard d'écus ? les crocodiles pondent bien dix milliards d'œufs. On assure que, ravis de la justesse de ses distinctions et comparaisons, tous les apothicaires, racoleurs d'insectes, taupiers et empailleurs de serpents de son endroit, se mettent déjà en campagne pour aider à replacer cette plante rampante dans l'herbier législatif.

J'ai fini, et ma main fatiguée vient de donner le dernier coup de pinceau à mon dernier portrait. Maintenant vous pouvez, Messieurs, lever la tête, vous regarder, vous

mirer, vous admirer dans votre peinture.
Eh bien! je parie que vous ne serez pas con-
tents de moi, et que chacun de vous trouvera
que j'ai orné son voisin de draperies trop
magnifiques; mais que, pour lui, je l'ai fait
nu et presque décharné, bas de visage et
court par le buste; qu'il n'a pas le teint assez
frais, les cils assez noirs et les joues vermil-
lonnées; que j'aurais dû le peindre, pour
mieux figurer un législateur, avec le port
noble et une belle toge de sénateur romain,
nouée et rattachée sur l'épaule par une agrafe
d'or. Je sais bien, Messieurs, que cela aurait
fait plus de plaisir à mesdames vos épouses,
et émerveillé davantage, à votre retour au
logis, les électeurs de vos endroits, qui sont,
à bon compte, si fiers de vous avoir nommés;
mais j'ai eu scrupule de contrefaire et de
farder la nature, et je vous ai peints tels que
je vous ai vus, et tels je crois que vous êtes,
ni plus laids, ni plus beaux non plus, et
quand j'ai trouvé que vous aviez une loupe
au haut du front, ou un pois chiche sur le
nez, j'ai mis le pois ou la loupe.

J'avais d'abord songé, Messieurs, à vous

faire cadeau de vos esquisses, en vous remerciant de la bonté que vous aviez eue de poser devant moi ; mais, toute réflexion faite, je vous prie de vouloir bien permettre que je les garde jusqu'à l'ouverture de la prochaine session , pour que le public, mon maître et le vôtre , puisse entrer dans ma galerie et juger de la ressemblance.

Maintenant, Messieurs, levez-vous, et laissez-moi méditer, au pied de la tribune , sur les caractères généraux de l'éloquence parlementaire.

ÉTUDE XXII.

—

DES PRINCIPES, DES MŒURS ET DES PRÉCEPTES DE L'ÉLOQUENCE PARLEMENTAIRE.

Il y a quatre choses à considérer dans l'éloquence parlementaire : Le caractère de la nation, le génie de la langue, les besoins politiques et sociaux de l'époque, et la physionomie de l'auditoire.

Si le caractère de la nation est taciturne et froid, comme celui des Américains et des Anglais, on aura de la peine à les émouvoir. Doués de patience, ils ne se fatigueront pas plus à parler qu'à entendre. Ils s'attableront pour écouter un orateur, pendant des heures entières, de même que pour fumer et pour boire.

Si, au contraire, le caractère de la nation est irritable et mobile comme celui des Français, il suffira de les toucher pour qu'ils se croient blessés, et de leur frapper légèrement sur l'épaule pour qu'ils se retournent. Les longs discours nous ennuient, et lorsque le Français s'ennuie, il quitte la place et s'en va. S'il ne peut s'en aller, il reste et cause. S'il ne peut causer, il bâille et s'endort.

Secondement, il faut faire attention au génie de la langue.

Si la langue est sifflante, dure et peu dédaigneuse, comme la langue anglaise, on s'attachera moins au style qu'aux choses. On ne sera point choqué des inversions ni des accouplements de mots. Si le génie particulier de la langue permet de suspendre le sens du discours et de transposer à la fin le verbe qui gouverne toute la phrase, on soutiendra davantage l'attention des auditeurs. On pourra se servir de figures communes, de maximes proverbiales, de termes bas et vulgaires, pourvu qu'ils soient expressifs. Ce que le discours perdra en sobriété et en convenance, il le gagnera en sincérité et en énergie.

Si la langue est pompeuse et douce comme la langue espagnole ou italienne, on recherchera la sonorité de l'expression et l'harmonie des désinences. Chez les peuples dont l'organisation est musicale, l'oreille a besoin d'être flattée autant que l'âme d'être remplie.

Mais si la langue est noble, élégante, polie, correcte, châtiée, philosophique, comme la langue française, il faudra, pour la parler publiquement, des préparations exercées et une longue habitude. Si la diction était trop paresseuse, on tomberait dans la monotonie; si elle était trop précipitée, on tomberait dans le bredouillement. On évitera les mots redondants, les épithètes oiseuses qui arrêtent l'effusion de la pensée et qui embarrassent la marche du discours. On n'oubliera pas que l'esprit d'une assemblée française est si prompt qu'il saisit le sens d'une phrase avant qu'elle ne soit achevée, et qu'il devine l'intention avant même qu'elle ne soit tout-à-fait conçue; si délicat, qu'il répugne aux répétitions, quelle que soit l'adresse des synonymies, et si pur, que le

moindre néologisme le blesse, à moins qu'il
ne soit brillamment encadré, ou qu'il ne
sorte, par une contrainte irrésistible, de la
force de la situation elle-même.

L'époque où l'on parle est la troisième
chose qu'il faut attentivement considérer.

Quand il s'agit de démolir un ordre de
choses vieilli et déjà croûlant, quand l'opinion gronde et menace autour de l'assemblée
nationale, quand la patrie, la liberté, la con-
stitution sont en péril, alors le discours
s'élève, l'expression grandit, s'anime, se
courrouce et le désordre passionné du sentiment et des idées est la plus persuasive et
la plus puissante des éloquences. L'auditoire
se mêle à l'orateur, s'indigne et s'appitoie,
s'enflamme et s'apaise avec lui, pour s'in-
digner et se calmer encore. La violence des
termes, l'enflure des prosopopées, la colère
et l'emportement des mouvements oratoires,
se pardonnent et s'effacent devant la grandeur
périlleuse et fatale de la situation. Alors les
partis aux prises entre eux écoutent moins
qu'ils n'agissent, discutent moins qu'ils ne
combattent. Alors on aime mieux frapper

19

fort que juste, et lorsqu'une tête est l'enjeu d'un discours, on ne s'amuse pas à polir une phrase, et l'on ne s'étudie point à tomber avec grâce, comme le gladiateur du cirque, sous le fer de ses ennemis.

Telle fut notre éloquence révolutionnaire, qu'il ne faudrait pas juger à distance, par les règles du goût, ni peser avec une froide raison et sans tenir compte, ni du trouble de ce temps, ni des agitations extraordinaires de l'opinion, ni des mortelles inimitiés des partis, ni des réactions du dehors, ni de l'exaltation des âmes, ni de la nouveauté et de la grandeur des événements, ni des dangers imminents de la patrie.

Mais quand les temps sont calmes, que l'ennemi s'est retiré des frontières, que la cité est abondante et joyeuse, que les partis ne se déciment plus entre eux pour s'arracher l'empire et la victoire, que la députation n'est plus briguée comme un poste de péril, mais comme une riche exploitation d'honneurs et de lucre, et que la lutte n'existe plus que sur le terrain des principes et du droit, alors l'emploi théâtral de ces moyens

et de ces figures déclamatoires ne serait plus
que ridicule, parce qu'il ne serait plus nécessaire et naturel; il trouverait de glace ceux
qu'il trouvait de feu; il ferait rire ceux qu'il
faisait pleurer. A chaque époque son éloquence.

Une autre et quatrième condition du discours, c'est de bien considérer devant qui
on le prononce.

En effet, on ne doit pas parler devant une
Chambre comme devant le peuple. Le peuple
aime les gestes expressifs qui s'aperçoivent
de loin et par dessus les têtes; il aime les
voix chaudes et vibrantes. Soyez naturel avec
lui et ne faites pas le comédien. Si vous sentez
des larmes rouler dans vos yeux, orateur
populaire, ne les retenez pas! Si quelque
mouvement d'indignation bat dans votre poitrine, qu'il en sorte et qu'il se répande!
Soyez vrai, remuant, pathétique. Interrogez
et répondez, et interrogez encore. Ne cherchez pas la liaison des mots, mais celle des
idées, ou plutôt ne la cherchez pas si vous
voulez la trouver; car la passion a sa logique
plus serrée, plus entraînante encore que le

raisonnement. Figures saisissantes, mouvements rapides, entremêlés de repos, voilà
l'éloquence qui convient, en tout pays, au
peuple. En France, pays moqueur, ajoutez-y
un peu d'ironie amère ou fine.

Que si votre argumentation était trop dé-
charnée ou trop métaphysique, le peuple ne
la comprendrait pas. Ne fatiguez point son intelligence à découvrir les rapports abstraits de
deux syllogismes. Que vos pensées ne restent
pas à l'état de squelette et de manière à ce
qu'on en puisse compter les muscles, les
tendons et les os. Mais couvrez-les de chair,
qu'elles marchent, qu'elles se déploient,
qu'elles se colorent, et qu'on sente en elles
les tressaillements de la vie !

Les figures plaisent tant à l'imagination du
peuple ! Les mouvements passionnés vont si
bien à son âme ! Parlez-lui de patrie, de
justice et de liberté, si vous voulez qu'il vous
entende, qu'il vole dans vos bras, et que son
cœur soit à vous. La patrie ! elle est souvent
le seul bien qu'il possède. La justice ! il en
veut pour les autres, car il en veut pour lui.
La liberté ! elle est son besoin, son droit, sa

force, et c'est par elle qu'il obtiendra un jour l'empire de la terre. Oui, le peuple vaut mieux que ceux qui le calomnient. S'il s'égare et se précipite vers les abîmes, on court après lui, on lui passe le mors dans la bouche et on le ramène; si on lui dit : Ne murmurez pas, il se tait; Vous avez tort, et il dit, c'est vrai; Vous ne devez écouter que la raison et il l'écoute; Ne pas vous venger, et il remet son sabre dans le fourreau; Combattre et mourir pour votre pays, et il combat et il meurt!

Mais il n'en est pas de même d'une assemblée d'hommes riches, blasés sur les émotions de l'âme aussi bien que sur les jouissances de l'esprit et des sens. La plupart ont servi plusieurs gouvernements, prêté plusieurs serments et traversé plusieurs fortunes; véritables malheureux qui n'ont plus les illusions de la jeunesse, de la vertu et de la liberté; leur cœur s'est flétri, leur vie s'est usée. Ceux qui ont beaucoup de biens et d'or sont tourmentés, moins du désir de gagner que de la peur de perdre. Ceux qui ont des emplois veulent les garder. Ceux qui n'en ont pas, veulent qu'on leur en donne. Dans cette disposition d'esprit, les ministres n'ont que trois ressorts à faire jouer : l'égoïsme, la cupidité et la peur, et c'est avec ces trois ressorts qu'ils tiraillent les bras et les jambes de tant de pauvres marionnettes. Dans la comédie parlementaire, tous les rôles sont convenus et distribués, et le souffleur est à son poste. On sait d'avance qui montera sur les tréteaux, et ce qui sera dit, et ce qui sera omis, et ce qui sera éludé, et ce qui sera décidé. Les paroles sont données, les votes sont enregistrés sur le carnet du contrôleur, et le scrutin est dépouillé par l'entrepreneur du spectacle, longtemps avant que les boules blanches ne retentissent dans l'urne et que la toile ne tombe.

Le vocabulaire des ministres est toujours à peu près le même. Sous la Restauration, ils protestaient de leur inviolable fidélité au dogme sacré de la légitimité. Aujourd'hui, ils protestent de leur dévouement au gouvernement du 7 août, de leur amour pour l'ordre public, de leur horreur pour les factions et de leur haine pour l'économie. Voilà

le fonds commun des discours des ministres!

Dès qu'ils se mettent à parler, tous leurs
mots sont d'or, et vous voyez les hommes du
centre, l'œil fixe et le cou tendu, prêter une
attention béante. Mais si quelque membre de
l'opposition s'avise de répliquer, à l'instant
bruit, trépignements, murmures et cris à
l'ordre. Faites de l'éloquence avec de pareilles gens! Démosthènes, avant d'ouvrir la bouche, aurait eu le temps d'user les cailloux
qu'il roulait entre ses dents, et les mugissements de la mer n'étouffaient pas autant sa
voix, lorsqu'il haranguait les flots irrités.

Les orateurs ont leurs défauts généraux
dont il faut d'abord s'occuper.

De notre temps, les plus vains des hommes
sont les comédiens de tribune, plus que
les comédiens de profession et plus que les
poètes. Ils ont deux sortes d'illusions; celle
de s'imaginer qu'ils représentent l'opinion et
celle de croire trop à la puissance et aux effets de leur art.

Non, les orateurs parlementaires ne représentent pas sincèrement l'opinion du dehors;

nés du monopole, ils ne représentent que les variétés du monopole. La plupart d'entre eux n'ont que des paroles et pas de principes, pas même de soldats et ils composent à eux seuls toute leur armée. Ce qui représente fidèlement les besoins, les intérêts, les vœux, les passions, les idées du pays, c'est la presse, quand elle sera libre et illimitée. Ce qui représente fidèlement la nation, c'est le parlement, lorsqu'il sera élu par tous les citoyens. La France a cinq millions d'artisans, et il n'y a pas dans la chambre un seul député qui soit artisan. La France a vingt-cinq millions de laboureurs, et il n'y a pas dans la chambre un seul député qui soit laboureur. Est-ce là du droit? Est-ce là de la vérité? Est-ce là de la justice? Est-ce là de la nationalité? Est-ce là de la représentation?

Non, les bons orateurs ne peuvent rien aujourd'hui contre les mauvais principes, les mauvais ministres et les mauvaises lois. Nous ne manquions pas de bons orateurs, lorsque nos gens de 1830 estampillèrent leur charte; nous ne manquions pas de bons orateurs, lorsque nos législocrates de 1831 passèrent l'é-

ponge sur les souillures de l'état de siége.
Nous ne manquions pas de bons orateurs, lorsque les doctrinaires lâchèrent contre la presse
et le jury les aboyeurs de septembre. Est-ce
les bons orateurs qui manquaient aussi, lorsqu'on a aumôné un million de dot à la reine
des Belges? N'a-t-on pas vu les plus huppés
de la basoche, la larme à l'œil, se laisser attendrir comme les autres, et fouiller dans leur
escarcelle, pour en tirer l'argent du peuple?
Est-ce les bons orateurs qui empêchent que
le ministère ne tienne la tête basse devant les
rois, haute devant le pape et les bédouins;
que la France ne paie un milliard d'impôts et
qu'elle n'ait la douleur de voir cent cinquante
mille de ses enfants boire seuls le vin du banquet politique, tandis que leurs frères, au nombre de trente-deux millions, leur servent de
domestiques et ne sont occupés, derrière eux,
qu'à remplir les brocs?

Il faut bien le dire : les poses des rhéteurs
et la beauté sonore et amplifiée de leurs phrases, ne servent qu'à flatter la vanité littéraire
de nos oreilles et de nos yeux. Sans doute,
un bon discours qui ne peut absolument rien

sur des opinions déterminées, peut quelquefois raffermir les extrémités flottantes d'un parti et qui n'y tiennent plus que par un bout de fil. Mais il n'est pas bien sûr qu'un raisonnement subtil, qu'un mot plaisant, qu'une figure, qu'une exclamation, qu'un chiffre inattendu ne produise le même effet. Les dialecticiens et les habiles groupeurs de chiffres, ont plus de prise sur nos assemblées que les orateurs, dont on se défie à l'avance, chacun prenant contre eux ses précautions, comme contre des enchanteurs.

L'éloquence n'a toute son action, son action forte, sympathique, remuante, que sur le peuple. Voyez O-Connel, le plus grand, le seul orateur peut être des temps modernes ! Comme sa voix tonnante domine et gouverne les vagues de la multitude ! Je ne suis pas Irlandais, je n'ai jamais vu O-Connel, je l'entendrais que je ne le comprendrais pas ; pourquoi donc suis-je plus ému de ses discours traduits dans une langue étrangère, décolorés, tronqués, dépouillés du prestige du geste et de la voix, que de tout ce que j'ai entendu dans mon pays ? C'est qu'ils ne ressemblent pas à notre rhétorique tourmentée par la périphrase, c'est que la passion, la passion vraie l'inspire, la passion qui peut tout dire et qui dit tout. C'est qu'il m'arrache du rivage, qu'il roule avec moi et m'entraîne dans son torrent; c'est qu'il frémit et que je frémis; c'est qu'il s'échauffe et que je me sens brûler; c'est qu'il pleure et que des larmes tombent de mes yeux; c'est qu'il jette des cris de l'âme qui ravissent mon âme; c'est qu'il m'enlève sur ses ailes et me soutient dans les saints transports de la liberté! Sous l'impression de sa grande éloquence, j'abhorre et je déteste d'une haine furieuse les tyrans de cet infortuné pays, comme si j'étais le concitoyen d'O-Connel, et je me prends à aimer la verte Irlande, presqu'autant que ma patrie!

Mais que pourrait O-Connel lui-même dans nos assemblées de monopole? Au moment de se laisser attendrir, voilà que nos députés fonctionnaires se sentiraient tirer par le bas de l'habit et verraient leurs épouses en pleurs accourant avec les mémoires de robes et de chapeaux, les maîtres d'hôtel garnis avec la quittance de loyer, les restaurants avec la carte à payer et les instituteurs de leurs fils et de leurs filles avec le quartier de la pension. Il n'y a pas d'éloquence qui tienne contre la pile d'écus de la feuille d'émargement et il n'y a guère de poitrine appartenant à un député fonctionnaire d'où ne s'échappe, avec un rauque et profond gémissement, ce cri héroïque : On ne nous arrachera nos traitements qu'avec la vie!

Il y a trois grandes divisions d'orateurs : ceux qui improvisent sans trop savoir ce qu'ils vont dire, ceux qui récitent ce qu'ils ont appris, et ceux qui lisent ce qu'ils ont écrit.

Les Improvisateurs sont assez forts sur l'exorde; ils savent bien par où commencer, mais ce qui les embarrasse, c'est de savoir par où finir. Ils se laissent aller au fil de leur oraison, visitant sur leur passage prairies, bois, cités et montagnes. Mais ils ne savent pas jeter l'ancre au rivage et aborder. Ils entassent péroraisons sur péroraisons. Il n'y en a jamais moins de trois ou quatre. Mais, oratoirement parlant, laquelle de ces fins est la fin ? Ils se retiennent, de peur de trébucher, en descendant, à chaque barreau de la tribune, et souvent le pied leur glisse lorsqu'ils le mettent sur la dernière marche.

Ajoutez qu'ils sont quelquefois estropiés en sortant de là, par les brutalités du sténographe.

Quand ils sont gonflés du vent de l'improvisation, ces discours ressemblent aux ballons, lisses, sonores, rebondissants, qui s'élèvent et s'abaissent tour à tour, et reflètent les feux du soleil. Mais dès que leur vent s'en est allé, ce n'est plus qu'une peau désenflée qu'on jette dans un coin, toute ridée et toute aplatie qu'elle est.

Les Liseurs sont des gens qui prennent leur temps, toussent, crachent, éternuent, posent leurs lunettes sur le marbre de la tribune, et en nettoient les verres avec le coin de leur mouchoir. Ils ont aussi des ruses de métier. Ils minutent très-serré l'endroit et le revers de la page, pour se faire petits et laisser croire qu'ils n'ont que cela. Les traîtres ! Vous verrez qu'ils ne tourneront pas encore le verso. Leur cahier est comme l'aiguille d'un cadran qui resterait immobile.

Les Liseurs mettent le papier devant leur bouche, et les sons répercutés n'arrivent pas aux auditeurs. Un Liseur dont la voix n'est pas éclatante est complètement inintelligible. S'il est Alsacien, il parle du fond du gosier; s'il est Gascon, du bord des lèvres; Parisien, il est grasseyeur; Normand, il est traînard.

S'il est trop diffus, il fatigue; s'il est trop concis, on perd haleine à le suivre. Le négligé sied à la tribune, le négligé a des grâces; il ne faut pas qu'un orateur soit trop paré, trop brossé, trop endimanché. Faites donc de l'éloquence avec des points d'exclamation marqués à l'avance sur papier grand raisin! Ayez de la passion, tonnez, indignez-vous, pleurez juste au cinquième mot du troisième alinéa du sixième paragraphe de la dixième feuille! Comme cela est facile! Comme cela surtout est naturel!

Enfin, quand le liseur débite son écriture, chacun des auditeurs se dit : C'est beau, ah! c'est sûrement très-beau! mais ce n'est pas la peine que j'écoute; je verrai cela demain dans le *Moniteur*.

Le Récitateur ne regarde pas l'assemblée.

Il se retire et s'enfonce en lui-même; il se loge dans les cases de son cerveau, où toutes ses phrases sont proprement rangées à leur place et étiquetées; il en fait l'appel et le réappel, et il les produit, l'une après l'autre, à la lumière.

Quelquefois, le Récitateur saccade et précipite son débit, de peur que les anneaux de son chapelet ne se désenfilent et ne se détachent. Quelquefois, au contraire, il s'arrête comme par mégarde, et pour laisser croire qu'il cherche ses mots et que leur enfantement a de la peine à venir, quoiqu'ils soient au monde depuis peut-être plus de huit jours. Mais le travail des périodes, le choix des tours, le fini du style, la trame entière du discours trahissent, malgré lui, les efforts laborieux de sa mémoire.

N'allez pas dire au Récitateur: prenez garde, Monsieur, à votre mouchoir qui sort de la poche. Car, s'il se retournait, il briserait le fil de son oraison, et comment le rattacher? Si, dans ce cas, il le rattrape et le recoud tant bien que mal, c'est de hasard. Les gens

nerveux de la chambre ont toujours peur que
le Récitateur ne vienne à broncher au beau
milieu du chemin, et cela leur fait mal par
sympathie. Le sténographe, au bas de la tribune, la plume haute, ne sait s'il doit attendre le dépôt des feuillets ou courir après le
rapide orateur.

. Le Récitateur a l'œil terne, le col empesé
et le geste faux. Il n'est jamais à l'unisson de
l'assemblée. Il n'interrompt pas, de peur
qu'on ne lui réplique. Il ne réplique pas, de
peur de s'interrompre. Il ne sent point le
dieu intérieur, ce dieu de la Pythonisse qui
agite et qui oppresse. Il a l'éloquence qui
se rappelle et non l'éloquence qui invente. Il
est l'homme de la veille, tandis que l'orateur
doit être l'homme du moment. Il est l'homme de l'art, il n'est pas l'homme de la nature.
C'est un comédien qui ne veut pas le paraître
et qui est son propre souffleur. Il feint la vérité, joue le trouble et trompe le public, la
chambre, le sténographe et lui-même.

. Il y a dans cet auditoire parlementaire, si
vaste et si mêlé, des professions qui sont plus

particulièrement prédisposées à l'art oratoire, et il y a parmi les orateurs des qualités spéciales et dominantes qui les distinguent.

Parlons d'abord des professions prédisposantes.

Je ne crois pas qu'on me reproche de pousser les classes à l'excitation criminelle des unes contre les autres, en disant que les députés, dont les langues vibrent avec le plus de continuité et de fluidité, sont les Avocats, les Professeurs et les Militaires.

Les Avocats parlent pour qui veut, tant qu'on veut, sur ce qu'on veut. Ils ont l'ouïe fine et toujours au vent, et si vous les interrompez, au lieu de les embarrasser, vous ne faites que leur donner la réplique. L'habitude de plaider alternativement le pour et le contre, le non vrai et le vrai, fausse leur judiciaire. Après avoir pris au corps un ministre, ils le terrassent, le battent et le piétinent. Et puis, quand ils repassent devant le banc de cet homme tout meurtri de sa chute, vous les voyez hocher la tête d'un air riant, lui tendant la main, et les voilà qui sont ensemble les meilleurs amis du monde. Ces façons d'a-

gir ne laissent pas que d'étonner fort les
provinciaux, juchés sur les hautes banquettes des tribunes, qui se demandent entre eux
comment on peut relever de si bonne grâce
un ministre qu'on vient de traîner dans la
boue, et si ce n'est pas là jouer tout à fait la
comédie.

Les grands orateurs, semblables aux aigles
qui planent dans l'air, se tiennent dans la
haute région des principes. Mais le vulgaire
des avocats rasent la terre, comme l'hiron-
delle, font mille crochets, passent et repassent sans cesse devant vous et vous étourdissent du bruit de leurs ailes.

Chaleureux de langue et froids de cœur,
têtus, pointilleux et grands enfileurs de paroles. Ennemis de la logique, parce que la
logique va droit à son but, et que leur affaire
n'est pas d'arriver si tôt. Alertes en partant,
leur verbe court tout d'une haleine, brûle le
pavé, s'essouffle et tombe.

Les Professeurs s'emparent de la parole,
plutôt qu'ils ne la demandent. Ils régentent
la chambre comme une classe d'écoliers. Ils
posent sur le marbre de la tribune leur bon-

net carré, et les secrétaires de la chambre en ont quelquefois surpris, entre autres M. Guizot, qui tiraient de dessous leur robe de pédant, la férule et le martinet. Ils sont vains, subtils, rogues, secs, impérieux, humoristes, argutieux, dogmatiques, beaux parleurs et pleins d'eux-mêmes. Ils ne s'embarrassent guère de ce qu'on leur objecte ou de ce qu'on leur répond, mais de ce qu'ils disent. Ils ne veulent pas convaincre, mais contraindre. Ils ne persuadent pas la vérité, ils l'imposent. Ils ont la raideur des méthodes et le despotisme des axiômes. Mais comme on ne les élit députés qu'à cause de leur renommée, ils sont généralement d'un esprit supérieur, savant, profond, ingénieux, et, à l'occasion, divertissant ou fort ennuyeux.

Les Militaires abordent la tribune avec hardiesse, impatience et feu, comme ils aborderaient une batterie. Ils portent la tête haut. Ils ont le geste du commandement, et ils regardent les gens en face. On se met moins en garde contre eux, parce qu'on suppose que, s'ils peuvent se tromper, du moins ils ne cherchent pas à vous tromper. On passe aux orateurs militaires le mépris de la grammaire, l'amertume grossière des reproches, l'abus des figures de rhétorique et le décousu du discours. Ils peuvent se jeter brusquement hors de leur sujet, sans qu'on les y ramène. Ils peuvent dire, à peu près dans le langage qu'ils veulent, trivial ou correct, uni ou sou-bresauté, tout ce qui leur vient par la tête, sans qu'on les rappelle à l'ordre. J'ai vu le général Foy frapper du poing et des pieds, battre le marbre de la tribune, s'y crampon-ner, s'y démener comme un possédé. Il écu-mait et la colère lui sortait de tous les côtés de la bouche. On le laissait parler. On eût imposé silence à un porteur de bonnet carré. Pour moi, dût-on blâmer ce goût-là, je pré-fère ces militaires brutaux, qui dégaînent leur sabre et qui marchent droit sur vous, à ces rhéteurs doucereux qui vous assassinent à coups d'épingle,

J'ai dit aussi qu'il fallait prendre garde aux qualités principales qui, selon le tempé-rament, le génie ou l'habitude, prédominent chez l'orateur. L'imagination, la logique, l'éloquence et la malice, ont leurs excès qu'il faut éviter.

Tel qui brille dans l'exposition des faits,

nette, lucide, pas trop chargée d'incidents, bien ordonnée, bien déduite, se ralentit ou se trouble lorsqu'il faut raisonner. Tel autre a de la peine à entrer en matière, qui s'empare ensuite fortement de son sujet et de votre attention, lorsqu'il commence à s'échauffer et que ses idées s'étendent, se décomposent, se classent et s'enchaînent. Tel autre perd la trace et ne se retrouve pas, bat l'air, s'étourdit, s'oppresse et n'y voit plus. Il se dérobe comme un coursier et quitte l'arène.

Les Imaginatifs vous éblouissent par la richesse de leurs métaphores. Mais l'abus des figures ne remplit votre oreille que de tropes heurtés et de cadences rompues. Le style parlementaire ne doit pas être chargé de trop d'embonpoint, et il faut qu'on y voie saillir les muscles et les nerfs, comme dans un corps sain et vigoureux. Le style rose et frais n'est que de l'enluminure. Les Imaginatifs sont sujets à tomber dans l'amplification.

Les Logiciens de la parole, qu'il ne faut pas confondre avec les logiciens de la presse, doivent être plutôt abondants que concis, plutôt pressants que serrés. Ils ne doivent pas oublier que l'attention d'une Chambre est courte et légère. Si vous résumez trop, vous n'êtes pas compris. Si vous délayez trop, vous fatiguez. Si vous aiguisez trop la pointe de l'argument, vous devenez subtil. Si vous vous traînez dans les quatre points du syllogisme, vous devenez lourd. Si vous ne montrez que les tendons et les fibres d'une proposition, sans chair et sans coloris, vous êtes sec et rebutant. Si vous ne laissez pas glisser sur le nu de vos raisonnements quelque filet de lumière, vous êtes embarrassé et nuageux. Les Logiciens sont sujets à tomber dans l'obscurité.

Les Pathétiques doivent tour-à-tour élever et abaisser leur vol, s'oublier eux-mêmes, du moins le paraître ; laisser apercevoir qu'ils sont entraînés, malgré eux, par la force de la situation ou par une émotion intérieure qui les dompte et qui les enlève, couper le discours par des repos haletants, ne remuer de l'âme que les cordes les plus tendres et tenir l'assemblée dans un état de moiteur et de peau assouplie. Mais si cet état se prolonge, le refroidissement ne tarde pas à succéder à l'émotion et le rire aux larmes. Les Pathétiques sont sujets à tomber dans la sensiblerie.

Les Malins sont sans cesse occupés à repasser leurs flèches sur la meule, à les aiguiser par le fin bout, et à leur attacher, de chaque côté, des ailes rapides et légères, pour qu'elles volent mieux au but. Ils escaladent d'une sautée un gros raisonnement péniblement échafaudé, et le trait lancé par ces petits nains à l'endroit sensible d'un colosse, le renverse tout de son haut. Quand les allusions sont délicates et fines, elles surprennent agréablement l'esprit, et par le plaisir de les deviner, elles engagent malgré lui celui qui les écoute, dans la complicité de celui qui les fait. Quand les allusions sont poignantes et enfoncées, elles laissent quelquefois l'aiguillon dans la plaie vive, et l'on en meurt. Mais, le plus souvent, elles irritent, dans ceux qu'elles blessent, ceux qui, à leur tour, craignent d'en être blessés, et alors elles manquent leur coup. Les Malins sont sujets à tomber dans la personnalité.

Vous avez encore les Economistes, les Juristes, les Spécialistes, les Sociaux, les Réglementaires, les Généralisateurs, et les Interrupteurs que j'oubliais.

Il y a des Economistes qui font les choses en grand, et qui rafleraient huit cents millions sur un milliard, au risque qu'il n'y eût plus de justice, d'armée, de marine, de routes, de canaux, d'administration et de services publics. Il y a les Economistes qui font les choses en petit, et qui consentiront bien volontiers à rogner sept francs cinquante centimes sur un traitement de vingt mille francs. Il y a des Economistes, maréchaux-de-camp qui trouvent que les premiers présidents sont surpayés, et les Economistes premiers présidents qui trouvent que les maréchaux-de-camp reçoivent une solde trop forte. Il y a les Economistes qui groupent les chiffres d'une manière si ingénieuse qu'on croit être en avance quand on est en déficit, qu'on croit payer ses dettes quand on emprunte, et qu'on croit s'enrichir quand on se ruine. Il y a les Economistes vignicoles qui vous diront que l'impôt des vins est intolérable, tandis que l'impôt du sel est si léger et si facile à percevoir ! et les Economistes salins qui vous di-

ront que l'impôt du sel doit être aboli, attendu
qu'on peut, à toute force, se passer de vin,
mais non point se passer de sel. Il y a les
Economistes qui ne demandent pas mieux
qu'on augmente l'impôt foncier, parce qu'ils
n'ont pas de terres, pourvu qu'on ne réduise
pas les rentes, parce qu'ils ont des rentes. Il
y a les Economistes qu'on hacherait en morceaux plutôt que de leur faire voter les frais
d'entretien de la grande route sur laquelle ils
ne passent pas, mais qui solliciteront, avec un
zèle tout patriotique, l'élargissement et le
pavage d'un chemin de service qui traversera
leurs propriétés. Enfin, il y a des Economistes, et ce sont les bons, lesquels disent qu'il
faut préférer les impôts qui pèsent plutôt sur
le riche, aux impôts qui pèsent plutôt sur le
pauvre, les dépenses qui produisent aux dépenses qui consomment, les intérêts généraux
aux intérêts particuliers, les arrondissements
aux communes, les départements aux arrondissements, et la France aux départements.

Les Juristes décident par le droit civil ce
qui est de droit politique. Ils trouveront des
nullités dans les mesures les plus salutaires

et les plus urgentes de gouvernement, si elles
ne sont pas dressées selon toutes les règles de
la procédure. Si absurde, si incompréhensible, si barbare que soit une peine, ils seront
d'avis qu'il faut l'appliquer dans toute sa rigueur, dès que la peine existe, fût-ce le pal
ou la torture. Ils sont esclaves, plutôt que sujets, de la loi et du pouvoir. Ils s'inclinent
jusqu'à terre devant l'empire des textes. Pour
eux, ce qui est écrit est écrit, et ce qui est
écrit demeure. Ils tireront, par une subtile
interprétation des mots, leur compétence de
leur incompétence même. Ils découvriront
un sens caché où il n'y a qu'un sens patent,
des incompatibilités où il n'y a que des con-
cordances, et des parités où il n'y a que des
antinomies. Ils vous diront que la charte de
1830, qui veut la liberté de la presse, s'accorde avec les lois de la restauration qui vou-
laient la censure, et ils vous le prouveront
par d'excellentes raisons puisées dans la loi
du décemvir Appius. Ne les poussez pas trop
de questions, si vous ne voulez qu'ils vous
démontrent péremptoirement que le code
grec de Théodose justifie la révolution de

juillet. Esprits secs, arides et faux, qui se
courbent sur la lettre morte, de peur de s'é-
lever à l'intelligence, qui ne savent pas écouter cette voix qui crie du fond de la conscience, et qui sacrifient le fond à la forme, la
législation à la procédure, et l'humanité à un
axiôme.

Les Spécialistes sont les utilités de la chambre, et, les trois quarts du temps, ils sont les
seuls qui sachent ce qu'ils disent, et qui le
disent bien. Mais il ne faut pas que, par envie
de briller, ils veuillent en dire plus qu'il
n'en faut dire, ni quelquefois plus qu'ils n'en
savent; que, par orgueil, ils s'imaginent que
les autres ne savent rien de rien, parce qu'ils
ne savent pas cette chose-là; que, par affectation, ils se servent du mot technique au lieu
du mot naturel, et que, par système, ils
substituent aux enseignements reçus et ex-
périmentés de la science, les imaginations et
les brouillures de leur cerveau.

Les Sociaux, gens sensuels, douillets, vo-
luptueux dans la pratique des jouissances de
ce bas-monde, habitent, par leur esprit s'entend, bien avant dans les nuages, et, à travers

leur optique de là-haut, ils aperçoivent la société fraîche, pimpante, couleur de rose, innocente et bonne, gorgée d'abondance, riante, douce, vertueuse, avec des habits de fête et des paroles pleines de tendresse et de poésie; charmante société et d'autant plus facile à établir, qu'on ne s'inquiète pas de savoir sous quel degré de latitude elle cohabitera, le froid et le chaud lui étant, à ce qu'il paraît, également indifférents, ni sous quelle forme de gouvernement on la fera fonctionner, le grand Mogol étant évidemment tout aussi disposé à se prêter aux fantaisies humanitaires des Sociaux, que le président des Etats-Unis.

Pour nous, nous ne demandons pas mieux que d'adopter le plan des Sociaux, quand ils auront bien voulu nous faire connaître quel est ce plan, où sont leurs moyens d'exécution, et s'ils veulent y employer des créatures de la race humaine; et comme ils ne peuvent pas nous dire tout cela commodément de là-haut, nous les engagerons à descendre de leurs nuages, et à venir, pour quelque temps du moins, habiter la terre.

Les Réglementaires invoquent comme des lois, et même ils mettent au-dessus des lois et du bon sens, les précédents capricieux des bureaux et des couloirs, et, parce que la Chambre aura déjà fait une, deux, trois, quatre sottises, ils vous soutiendront qu'elle est absolument dans l'obligation d'en faire une cinquième. Ils vous rappelleront avec toute la satisfaction d'une mémoire heureuse, que, tel jour de telle année, tel président de telle session a mis son chapeau sur sa tête d'une certaine façon, ou bien qu'il a commencé l'appel nominal par la lettre *a* et non par l'*y*, ce qui est vraiment surprenant. Si les barrières de la charte sont rompues, et si le ministère envahit le sanctuaire de la légalité, que leur importe? ils ne sont pas préposés à sa garde. Mais si le président accorde, sans plus y penser, la parole à l'un après l'avoir promise à l'autre, les Réglementaires s'agiteront sur leurs bancs; ils seront furieux, hors d'eux-mêmes; ils l'interpelleront le poing fermé et la bouche pleine de colère, criant de toute la force de leurs poumons au scandale, et ne voyant pas que c'est eux qui le font. Ils ergoteront pendant des heures entières, avec une contention incroyable d'esprit, sur ce que le réglement aurait dû contenir, sur l'importance majeure d'une syllabe, sur moins qu'une syllabe, sur un point, un accent, une virgule, et ils se rasseoiront tout essoufflés et ruisselants de sueur, sans avoir fait avancer d'un pas la discussion, et sans s'être compris eux-mêmes.

Les Généralisateurs ne s'arrêtent pas aux fractions d'un million, fussent-elles de cent mille écus; ils ne supputent que les sommes rondes. Ils n'examinent pas, en posant une règle, si elle n'entraînerait pas tant d'exceptions qu'il n'y aurait plus de règle, ni, en établissant un principe absolu, si les conséquences en sont applicables. Ils ne tiennent nul compte des lieux, des temps, des hommes, des moyens, des nécessités, des circonstances, et ils ne s'aperçoivent pas que les affaires humaines se conduisent plutôt par les détails, les habitudes, l'expérience et l'infinie variété des incidents de chaque jour, que par la rigueur inflexible des théories. Ce sont de beaux phraseurs qui se balancent avec art sur l'équilibre des spéculations constitutionnelles. Ils vous diront en quoi pèche un système, plutôt que ce qu'il faudrait mettre à sa place, et pour eux le difficile n'est jamais tant de généraliser que de pratiquer, de discourir que de conclure.

Les Interrupteurs sont de deux sortes :

Il y a les Interrupteurs qui ne parlent pas, et ceux qui parlent.

Ceux qui ne parlent pas font beaucoup plus de bruit que ceux qui parlent, car ils imitent, avec un bonheur de ressemblance et une vérité d'exécution qui ne laisse rien à désirer, les cris de tous les animaux domestiques et sauvages que le créateur a jetés sur la terre. Ils jacassent, ils gloussent, ils jappent, ils miaulent, ils coassent, ils beuglent, ils bêlent, ils hurlent, ils rampent comme eux. Lorsque tous ces pieds trépignent, que toutes ces mains font craquer leurs doigts, que toutes ces têtes se dressent, et que toutes ces langues sifflent, il se fait alors un murmure de bruits si mêlés, si divers, si aigres, si discors, si éclatants, que la voix de l'orateur s'y perd, comme le chant d'un oiseau dans les mugissements de la tempête.

Les interrupteurs qui parlent sont très-forts sur l'emploi des monosyllabes et de l'interjection : Eh! oh! hi! ouf! quoi? qu'est-ce? comment? dieux! ciel! ah! Ils appellent cela ne pouvoir retenir le cri de la passion. Ils prétendent que l'éloquence ne demande pas de si longs discours; qu'ils n'ont besoin que d'un mot, d'un seul mot pour convaincre ou pour émouvoir. Ils font signe au sténographe de leur envoyer les épreuves à corriger, et à peine le journal officiel a-t-il enregistré dans ses colonnes leur ouf! ou leur oh! qu'ils écrivent à leurs commettants : « Vous verrez dans le *Moniteur* d'aujourd'hui que j'ai dignement rempli mon mandat législatif, et que je n'ai pas voulu laisser passer la session sans dire quelque chose. »

L'étude de la tactique entre aussi dans les conditions de l'éloquence parlementaire.

On dit qu'au bout de trois mois d'école de peloton, les conscrits français font d'excellents soldats : il n'en faut pas tant pour dresser un bon ministériel. Les députés les plus novices, les débarqués, les innocents, n'ont besoin que de tenir leurs|yeux constamment fixés sur le banc ministériel, et de se rappeler, au moment de voter, le mot d'ordre de Casimir Périer : « Messieurs, attention, debout! »

Quant aux anti-ministériels, il faut qu'ils opposent l'art au nombre, et l'habileté de la stratégie à la brutalité des gros bataillons. Il faut qu'on distribue et qu'on varie les rôles, et qu'on sache qui engagera le combat et sur quel terrain; comment les troupes s'ébranleront; si l'on fera feu les premiers, ou si l'on attendra; quels points seront soutenus, ou quels points abandonnés. Les improvisateurs, les questionneurs, les logiciens, les pathétiques et les incisifs doivent se ranger en bataille, et donner tour à tour, et sans rompre les rangs, sans quitter la ligne. Les batteries cachées doivent être démasquées à propos. Il ne faut pas non plus toujours remettre au lendemain, pour planter son pavillon et compter les morts. Si l'on se sent le plus faible, on s'échelonne sur les ailes du centre, on tiraille, on charge de côté, on simule des attaques, on se retranche, on se défend de poste en poste, tantôt caché,

tantôt découvert, jusqu'à ce que la nuit
vienne et laisse la victoire indécise. Si l'on
se sent le plus fort, il faut s'attacher aux flancs
de l'ennemi, le serrer, le mettre sous ses
deux genoux, et le forcer de s'avouer vaincu.

Malheureusement, tous les grands sujets
où puisse éclater l'éloquence, sont aujour-
d'hui bannis de la discussion parlementaire.
Il n'est permis de parler ni de la souveraineté du peuple, ni de l'égalité politique, ni
de la liberté de la presse, ni de la lourdeur
des impôts, ni de l'arbitraire des ministres.
On en est réduit à paraphraser les textes
les plus vulgaires, à tourner les positions, et
à faire d'incroyables efforts pour ne rien
dire. Aussi, y a-t-il si peu de vérité et de
substance dans les discours les plus applau-
dis et les plus vantés, que l'on est tout surpris, lorsqu'ils sont dépouillés du prestige
de l'accentuation et du débit, de n'y plus
rien retrouver, ni forme, ni fond; ni forme,
parce que la beauté et les grâces qui animaient
la voix et les gestes de l'orateur, ne passent
point dans le style; ni fond, parce qu'il n'y
a et qu'il ne peut y avoir dans ces discours,

ni grands principes, ni grandes pensées. Vus de près, ce n'est plus que l'ombre indécise et vague, les proportions descendues et la hardiesse effacée d'une colonne qui montait dans les cieux.

Il faut reconnaître aussi que la domination des avocats et des professeurs, a répandu sur l'éloquence parlementaire les langueurs d'une solennelle monotonie. Elle y a peut-être gagné du nombre, de la dignité, de la facture, de la méthode ; elle y a perdu en précision, en grâces, en chaleur, en naturel, en vérité, en coloris, en originalité. Les orateurs, gênés par des formes de convention, n'ont plus leur physionomie propre. Tous leurs discours semblent jetés dans le même moule. Quel que soit le sujet, bref ou long, ils ne parleront pas moins d'une heure, parce que les professeurs croient disserter encore devant leurs écoliers dont la classe dure une heure, et les avocats se trémousser encore devant leurs clients qui ne veulent pas moins d'une heure pour une affaire de deux minutes, et qui se fâcheraient tout rouge si on ne leur en donnait pas pour leur argent.

Les orateurs remplissent donc la clepsydre jusqu'aux bords, et tant que sa roue tourne, leur parole vibre, pour tomber subitement avec le dernier grain de sable; car leur heure est faite.

Ces faussetés de langage ont gâté jusqu'aux discours écrits qui, pour renchérir sur les discours parlés et les tenir à distance respectueuse, veulent être parés, plus que parés, enluminés, fardés, atifés, coquets, toujours en toilette et la perle à l'oreille. On veut faire briller aux yeux des spectateurs les reflets de l'antithèse. On se surcharge de fleurs et d'ornements, et l'on craindrait de laisser paraître la simplicité de la pensée et les grâces naturelles de l'allocution. On s'étudie pour que chaque désinence soit un trait, et chaque réflexion un axiôme. Je reste froid et muet devant ces feux d'artifice, qui ne m'éclairent de leurs jets de flamme que pour me laisser retomber dans une nuit plus profonde.

Le mieux ne serait-il pas de haranguer comme on parle, et d'écrire comme on harangue? A moins qu'on ne dise qu'on n'écrit pas un discours pour qu'il soit entendu dans la chambre, mais pour qu'il soit lu au dehors. Je sais que les harangues écrites étant plus travaillées que les harangues improvisées, sont un peu plus supportables à la lecture; mais comme on n'y peut dire que la moitié de ce qu'on pense, et qu'il faut se servir, avec ceux qui vous écoutent, de ménagements et de périphrases dont on se passe avec ceux qui vous lisent, nous croyons que l'instruction constitutionnelle du peuple ne gagne pas beaucoup à toute cette phraséologie parlementaire. Laissez faire la presse; car ce que vous dites en trois pages, elle le dit en trois lignes, et mieux que vous, et ce que vous dites une fois dans l'année, elle le dit tous les jours. La véritable éducation d'un peuple libre se fait dans les journaux.

Lorsque j'aperçois les orateurs de l'opposition et les orateurs du ministère, gravir de droite et de gauche, l'estrade de la tribune, leur cahier d'éloquence à la main, il me semble voir deux armées qui traîneraient parallèlement leur artillerie le long des deux rives d'un fleuve, sans pouvoir jamais s'aborder. Ils se fatiguent à rétorquer d'avance des arguments qu'on ne leur fera pas, et ils ne prévoient pas les arguments qu'on leur fera. Ils ne savent pas que, depuis la veille, la guerre a changé de terrain, et ils s'enfilent par des chemins fourrés et inconnus, où le moindre goujat de l'armée ennemie les ferait prisonniers. Il ne faut, pour les désarçonner, qu'un seul trait lancé par un improvisateur qui viserait juste, et ils sont assez semblables à ces anciens chevaliers enjambés sur un palefroi richement caparaçonné. Si, pendant qu'ils chevauchaient quelques malins pages tiraient à l'aventure la crinière du noble animal, il se cabrait, et jetait à terre son magnifique seigneur.

L'écriture ne se doit employer que pour les expositions financières, les rapports et les développements des propositions.

N'oublions pas non plus la diction.

Si la diction de l'orateur est négligée, on dit qu'il ne se gêne pas. Si elle est théâtrale, on dit qu'il veut trop paraître.

Les *s* sifflantes, les accents aigus sur les *e* muets, offensent la grammaire et choquent l'oreille. Il ne faut pas qu'on sache , en vous entendant tant seulement, d'où vous arrivez en droite ligne, qui de Falaise, qui de Quimper-Corentin, qui de Pézénas, qui de Brives-la-Gaillarde. On doit laisser les locutions provinciales et le patois du barreau et de la petite ville, à la porte des vingt-quatre barrières, et se souvenir qu'on habite dans la nouvelle Athènes, et qu'il faut en parler le langage poli et épuré.

Il y a tel orateur qui s'imagine que la chambre rit à gorge déployée, des aimables plaisanteries qu'il débite; pas du tout, c'est d'une mouche importune qu'il chasse et qui ne veut pas quitter le bout de son nez.

Mettez à Démosthènes un habit rouge et une perruque de travers, et vous verrez le fou rire qui s'emparera de nos Athéniens, même dans le moment le plus pathétique, et lorsque le sublime orateur s'écriera : « J'en jure par les mânes des héros morts à Marathon ! »

Les gants jaunes du général Sébastiani, vieillard dameret, préoccupaient la chambre beaucoup plus que ses graves dissertations sur la dette américaine. O Athéniens, Athéniens ! il faut avoir vécu avec vous pour vous connaître.

On ne doit pas, à toute heure et pour toute cause, monter à la tribune, discourir, se prodiguer. Je me lasse, diraient nos Athéniens, d'entendre toujours parler Démosthènes.

Voici encore quelques maximes bonnes à retenir.

Un argument répété est comme un dîner réchauffé.

Il ne faut pas, quand un orateur-chef a frappé du tranchant de son glaive, qu'un orateur-soldat vienne donner au même endroit, des coups de plat de sabre.

Quand un ministériel a dit quelque grosse sottise, il ne faut pas qu'un anti-ministériel, plus sot encore, vienne la relever.

Quand l'assemblée est prête à pleurer, il faut la laisser sur son émotion et ne pas la faire rire.

Quand on voit que ses yeux clignent de fatigue et qu'elle va dormir, il ne faut pas jouer de la cornemuse pour rendre son sommeil plus profond.

Quand on vient de gagner la partie sur une grande question, il ne faut pas risquer de la perdre sur une petite.

L'éloquence parlementaire ne doit pas s'abandonner, sans frein, à ses transports, comme une désordonnée. Elle a besoin pour plaire, pour convaincre ou pour émouvoir, de guide, de règle, d'expérience, et je dirai à l'orateur :

« Entrez en matière avec simplicité et tirez naturellement votre exorde de votre sujet. N'affectez pas une fausse modestie ni un dédain superbe. Ne soyez ni humble ni fier, soyez vrai. Ne vous noyez pas surtout dans le fastidieux parlage de vos précautions oratoires.

« Que votre exposition soit nette, variée, attachante, et que dans l'ordre ingénieux de vos faits, on voie déjà poindre et surgir l'ordre de vos moyens.

« Ne multipliez pas trop vos gestes, de peur qu'on ne fasse que vous regarder, au lieu de vous entendre. Que votre voix ne soit ni traînante ni volubile, ni sourde ni criarde, de peur que le son ne préoccupe de l'idée.

« Ne récitez pas de mémoire comme un écolier bien appris et pour vous donner des airs d'improvisation, des discours laborieusement travaillés de la veille et dont le sténographe du *Moniteur* a déjà peut-être reçu les confidences.

« Choisissez avec un instinct rapide et sûr, parmi les moyens qui s'offrent à vous, le moyen du jour qui peut-être n'est pas le plus solide, mais qui, d'après la disposition particulière des esprits, la nature de l'affaire et la singularité de la circonstance, est le plus propre à faire impresssion sur l'assemblée.

« Emparez-vous fortement de son attention. Soulevez sa pitié ou son indignation, ou ses sympathies, ou ses répugnances ou sa fierté. Paraissez vous animer de son souffle et recevoir ses inspirations, tandis que c'est vous qui lui communiquerez les vôtres. Quand vous aurez, en quelque sorte, détaché toutes ces âmes de leurs corps, qu'elles viendront d'elles-mêmes se grouper au pied de la tribune et que vous les tiendrez sous la puis-

sance de votre regard, alors ne les ménagez
pas, car elles sont à vous, car on dirait véritablement que toutes ces âmes ont passé dans
votre âme. Voyez comme elles en suivent les
ondulations et les reflux! comme elles s'élèvent et s'abaissent, comme elles s'avancent
et se retirent avec elle! comme elles veulent
ce que vous voulez! comme elles font ce que
vous faites! Continuez, point de repos! marchez, pressez votre discours, et vous verrez
bientôt toutes les poitrines haleter, parce que
la vôtre est haletante, tous les yeux s'illumi-
ner, parce que les vôtres lancent des flammes,
ou se remplir des pleurs de la pitié, parce
que vous vous attendrissez. Oui, vous verrez
tous les auditeurs suspendus à vos lèvres par
les grâces de la persuasion, ou plutôt vous ne
verrez rien, vous serez dominé vous-même
par votre propre émotion, vous plierez, vous
succomberez sous votre génie, et vous serez
d'autant plus éloquent que vous aurez fait
moins d'efforts pour le paraître!

« Soyez dans vos Rapports, clair, exact,
précis, impartial.

« Ne cherchez pas à tout dire, mais à bien
dire.

« Attachez-vous au côté neuf de la question, ce qui jette dans les esprits une diversion agréable et vous fera passer pour ingénieux.

« Nouez vos transitions sans embarras et que la transition les amène.

« Si l'attention de la chambre est épuisée, ne montez pas à la tribune, car on ne vous écouterait plus, et il est mortel pour un orateur de n'être pas écouté.

« Si l'on a été plaisant avant vous, changez de ton et soyez grave, et si l'on a été grave, soyez plaisant. Songez que l'oreille n'aime pas à être toujours occupée du même son et que vous parlez devant une assemblée française, la plus distraite, la plus capricieuse, la plus femme de toutes les assemblées du monde.

« Aussitôt que vous voyez que vos traits émoussés ne portent plus, que les causeries suspendues recommencent, qu'on tourne la tête, et qu'il se fait sur tous les bancs des murmures d'inattention et de lassitude, vous êtes averti. Coupez court, et par un détour brusque mais adroit, marchez à la conclusion.

« Ne frappez pas à coups redoublés sur le marbre de la tribune, de peur que vous n'effrayiez les gracieuses cariatides qui le supportent, et qu'au lieu de partager votre émotion, on n'éprouve seulement que la crainte que vous ne vous fouliez le poignet.

« Ne vous laissez pas arracher, par l'entraînement du discours, des concessions dont vous vous repentiriez plus tard, et n'acceptez pas le combat sur des terrains que vous n'auriez pas étudiés; car la feinte générosité de vos ennemis pourrait bien vous attirer dans une embuscade.

« Soyez plus attentif à ce qu'on vous tait qu'à ce qu'on vous dit, à ce qu'on vous cache qu'à ce qu'on vous découvre.

« Ne parlez que pour dire quelque chose, et non pas seulement pour qu'on dise que vous avez parlé.

« Si vous avez quelque document nouveau et décisif, tenez-le en réserve et ne le portez dans la discussion, que lorsque vous aurez bien préparé les esprits à le recevoir et qu'ils n'attendront plus que cette pièce, en quelque sorte, pour prendre un parti.

· « Ne raillez pas pour le seul plaisir de railler et pour faire briller votre esprit, mais pour montrer le ridicule ou le faux d'un argument. Que si votre adversaire vous lance une personnalité, alors terrassez-le, et si vous pouvez, d'un seul coup.

· « Soyez maître de vos passions pour diriger celles des autres. N'ayez de colère que contre l'arbitraire, d'amour que pour la patrie et la liberté, et d'admiration que pour le désintéressement et la vertu.

« Poussez dans la théorie les conséquences de vos principes aussi loin qu'elles peuvent raisonnablement aller. Mais ne demandez dans la pratique, que ce que vous pouvez obtenir.

« Enfin, songez que vos lois vont faire le bonheur ou le malheur du peuple, le protéger ou l'opprimer, le moraliser ou le corrompre. Parlez donc comme s'il vous écoutait ! Parlez comme s'il vous voyait ! Ayez toujours devant vous, sa grande et vénérable image ! »

FIN.

TABLE DES MATIÈRES.

—

ERRATA.

Page 45, ligne 2, au lieu de *pour ne pas rentrer,* etc.,
          lisez : *plutôt que de rentrer.*
— 50, — 12, au lieu de *l'attente,* lisez : *latente.*

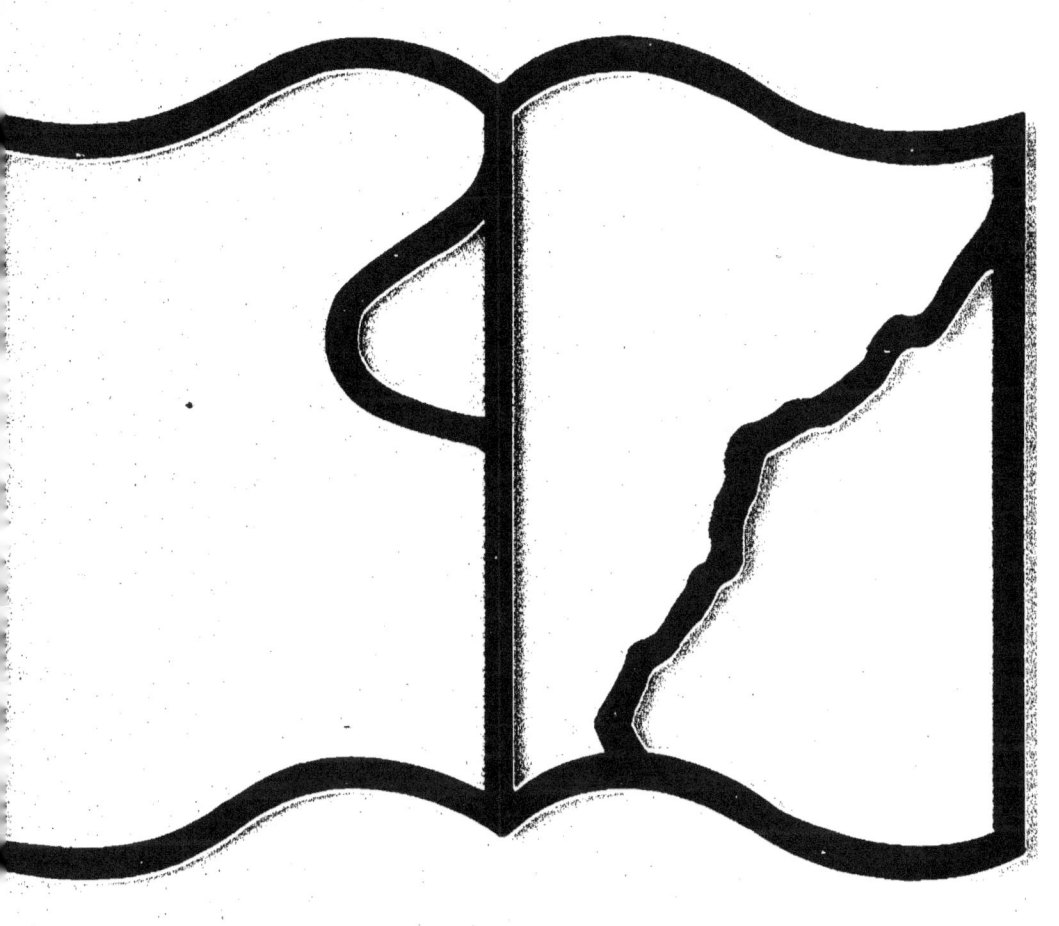

Texte détérioré — reliure défectueuse

www.ingramcontent.com/pod-product-compliance
Lightning Source LLC
Chambersburg PA
CBHW070328030726
47505CB00004B/1134